LE BÂTARD

ERSKINE CALDWELL

Le Bâtard

TRADUIT DE L'ANGLAIS (ÉTATS-UNIS)
PAR JEAN-PIERRE TURBERGUE

Note de l'auteur

Postface de Michel Fabre

BELFOND

Titre original :

THE BASTARD
publié par Heron Press Inc.

ISBN : 978-2-253-19423-1 – 1re publication LGF

1

La dernière fois que Gene Morgan avait eu des nouvelles de la femme qui était sa mère, elle vivait de l'autre côté de la frontière, au Mexique, paradis prospère à quelques centaines de mètres de la Californie et de la prohibition. Elle n'était plus jeune, ni belle comme avant, mais elle s'y connaissait en hommes et en argent, et elle avait la technique pour augmenter ses tarifs ; les clients payaient toujours sans rechigner le prix de son expérience.

Gene savait que sa mère était une putain ; depuis vingt-cinq ans, elle faisait la tournée des champs de courses, toujours à l'affût du gain des parieurs ; aussi, quand l'étranger lui montra la photo de sa mère au dos d'une carte postale, cela ne l'étonna pas. Tendu, il examina le cliché à la faible lueur du réverbère qui éclairait le parc ; le sang gonflait les veines de son cou et de son front. L'étranger se pourléchait en racontant certaines choses qui leur étaient arrivées quand ils étaient ensemble, la femme et lui, à La Nouvelle-Orléans, à La Havane et à Tijuana. Mais Gene ne l'écoutait pas. Les yeux injectés de sang, il regardait l'image obscène de sa mère, ses hanches entaillées de profondes cicatrices rouge et bleu, son ventre barré d'une longue estafilade, comme un marais de Louisiane sillonné d'un canal de drainage ; et aussi son sein gauche, mutilé là où un cow-boy ivre avait coupé le mamelon avec les dents. C'était bien elle, quel que fût son nom. Comment se faisait-elle appeler maintenant ? Lou ? Rosalind ?

« Eh ! dit l'étranger en ricanant. Qu'est-ce que tu regardes comme ça, depuis des heures ? C'est qu'une...

— Vas-y, raconte », grinça Gene, les dents serrées. Il enfonça son automatique dans le ventre de l'homme. « Raconte tout ce que tu sais sur elle, et pas de bobards, tu piges ? Allez, crache le morceau, je veux que tu me dises tout ce que tu sais. »

L'étranger eut un rire gras, et repoussa le pistolet d'un geste désinvolte.

« Rengaine ton engin, petit ! Je cherchais seulement à parler à quelqu'un. Pour sûr que je vais t'en dire, des trucs sur la vieille Pill. Dieu sait que j'en ai à raconter ! »

Il ne lui fallut pas longtemps pour déballer son histoire. Quand il eut fini, une heure plus tard à peine, Gene était prêt. Tandis que l'homme fouillait dans ses poches pour trouver une allumette, Gene lui appuya son calibre 38 sous le bras et lui colla dans les poumons trois dragées de plomb blindé. Il y avait des flâneurs sur les berges de la rivière à l'autre bout du parc, et Gene ne prit pas le temps de vérifier si l'homme était bien mort. Il jeta son arme dans l'eau et fit rouler le corps de sa victime vers la rivière, avant de le précipiter par-dessus bord d'un coup de pied.

L'eau noya le dernier râle qui montait encore de la gorge de l'homme.

« Y avait une fosse, profonde de un mètre et large de trois, et, dans le trou, un petit poney tout rabougri. Elle était au fond avec le bourrin… »

Gene connaissait toute l'histoire par cœur à présent. Pas un détail ne lui avait échappé. Il connaissait chaque mot, chaque inflexion de chaque mot de l'histoire. Il se rappelait même tous les noms que se donnait sa mère : Gertie de Norfolk, Sal de Denver, Rose de Scranton, Bessie Gros-Cul, et bien d'autres encore.

Puis il se mit à penser au moment où il l'avait vue pour la dernière fois. C'était dans Canal Street, à La Nouvelle-Orléans. Il l'avait suivie la moitié de la nuit, sans lui adresser une seule fois la parole. Il avait seulement voulu voir la femme qui était sa mère. Au petit matin, elle avait racolé un marin aux cheveux blond filasse ; c'était la dernière image qu'il avait gardée d'elle.

La première fois qu'il se rappelait l'avoir vue, sa mère dansait dans un strip-tease minable de Philadelphie. Il avait passé la nuit avec elle dans un hôtel de la 12e Rue, mais elle ne savait pas qu'il était son fils, ou alors elle s'en fichait. De toute façon, deux fois, ça suffisait. Il ne voulait plus la revoir.

« Ça coûtait cinq sacs pour entrer, et, dès que le spectacle était fini, les filles passaient dans les rangs avec une boîte de cigares pleine de jetons de poker numérotés, et alors t'en tirais un pour ta femme ; le numéro un, c'était… »

Personne ne savait qui était le père de Gene. Gene non plus, et ça lui était bien égal. À l'époque où il avait été conçu, sa mère faisait partie d'une caravane de forains. Peut-être son père avait-il été du même voyage… Gene l'ignorait. C'était peut-être lui qui montait le chapiteau, qui enfonçait les pieux. Ou alors c'était lui qui faisait le boniment. Ou c'était un rustre de shérif, ou un péquenot balourd, ou un marin, ou un prêcheur, ou…

Mais à quoi bon y penser ? Même sa mère ne savait pas. À l'époque, elle était danseuse de hoochie-coochie, mais elle faisait aussi des extras, et quand elle dansait le 69 elle ne tenait pas de journal intime…

« Ça coûtait cinq sacs, et, si tu voulais, tu pouvais en remettre encore cinq, et choisir parmi ses trois spécialités. »

Les mots de l'homme avaient marqué le cerveau de Gene comme des coups de fouet. Il n'arrivait pas à les oublier et se racontait de nouveau toute l'histoire, se la racontait encore et encore, au point qu'il eut l'impression de devenir fou.

Puis il s'aperçut qu'il chantait l'histoire dite par l'étranger : tramways, camions, bruits de pas, tout se mit à battre au même rythme, à lui envoyer sans arrêt les mêmes mots, à les agiter en cadence dans sa tête prête à éclater.

« Elle disait qu'elle s'était envoyé vingt-sept types dans la nuit du dimanche précédent… »

Rien ne parvenait à détruire le rythme lancinant de ces mots qui battaient dans son corps comme un va-et-vient de vagues brûlantes. Il tenta d'endiguer le flot de ses pensées en chantant :

« Vingt-sept types avec Sal de Denver. Ho, hé, ho et une barrique de gin ! »

Il courut vers un bar au fond d'une ruelle, et se précipita au comptoir ; il s'envoya cinq gins. C'était fort, et cela le fit tousser. Il se laissa tomber sur une chaise et se mit à crier à tue-tête pour échapper à ce rythme qui faisait danser l'image de sa mère. Plusieurs types lui sautèrent dessus et le jetèrent dehors dans la ruelle. Des femmes qui entraient dans le bar se moquèrent de lui. Fou de rage, Gene leur lança des coups de pied dans le ventre. Il en atteignit deux, et arracha la robe d'une troisième. Elles se ruèrent dans le bar en hurlant.

Gene revint dans le parc. Il s'assit sur un banc à quelques mètres des berges de la rivière. Quelque part dans l'eau, il y avait un cadavre. Il se mit à chanter et à siffler pour oublier tout cela. À chaque battement de son cœur, les élancements dans son cerveau se faisaient plus cuisants… Des vannes s'ouvrirent dans sa tête, inondant son cerveau d'une nappe chaude de son propre sang. Une heure passa. Il commença à se sentir mieux.

À minuit, le gardien du parc l'expulsa, et il revint dans le bar de la ruelle. Il se sentait beaucoup mieux à présent.

Gene passa le reste de la nuit à se noyer dans la bière, et à se demander combien de frères et sœurs il avait de par le monde : combien du côté de son père, et combien du côté de sa mère ?

2

La mère de Gene Morgan le mit au monde dans la chaleur d'un été du Sud, sur la petite plate-forme de deux mètres carrés de la tente foraine où elle se produisait, une demi-heure après le départ du dernier spectateur de l'ultime matinée.

Elle proféra les pires jurons pendant l'accouchement, et les garçons de piste durent la ligoter à un arbre pour l'empêcher de tuer le bébé à coups de masse. Elle l'aurait tué tôt ou tard si une vieille négresse n'avait pas proposé de recueillir l'enfant. Elle l'emmena la nuit même et l'installa chez elle, de l'autre côté de la rivière. Elle l'éleva dans sa cabane jusqu'à ce qu'il ait onze ans, âge auquel il décampa.

Le village où Gene grandit avait été baptisé Lewisville en l'honneur d'un quelconque pionnier. À présent, c'était une petite ville cotonnière assoupie qui ressemblait en tout point à des centaines d'autres endroits où le coton boit le sang de l'homme blanc. Sur deux mille habitants environ, trois cents étaient blancs, et les autres plus ou moins noirs : douze cents vivaient dans le quartier des nègres, les cinq cents restants avaient suffisamment blanchi leur peau pour vivre dans le quartier qu'ils voulaient.

Et maintenant, comme l'aurait fait un chien, Gene revenait à Lewisville pour humer l'odeur de la terre, des gens, des arbres, des rues.

Il avait quitté le bar, la salle de billard et l'homme qu'il avait tué parce qu'il lui fallait bien aller quelque part. Il savait que c'était insensé de rester là, à arnaquer au billard, à courir le risque de se faire repérer. En général, il ne demeurait pas plus de six mois dans le même coin, quelquefois même moins. Avec ses gains, il prit un billet pour Lewisville, le seul endroit où il se sentait un peu chez lui.

En arrivant, il se dirigea vers la cabane où il se rappelait avoir vécu, mais la vieille négresse était morte, et sa cabane avait été rasée pour faire place à une filature de coton. Il prit un meublé.

C'était facile de trouver du travail à Lewisville ; il y avait maintenant une minoterie, une fabrique de glaces, une filature de coton, une huilerie où l'on pressait les graines de coton, six ou sept scieries et un atelier de dégauchissage. On l'embaucha au premier endroit où il se présenta. Le chef du personnel de l'huilerie lui dit qu'il pouvait commencer le travail le soir même. Il devrait travailler onze heures, cinq nuits et demie par semaine, pour quarante cents l'heure. Là-dessus, il lui faudrait garder huit dollars par semaine pour le gîte et la pension.

Son travail à l'huilerie consistait à approvisionner en graines de coton les cuves d'alimentation des presses. On lui passa une grande fourche à seize dents et on lui dit de s'y mettre. Il se rendit vite compte que ce n'était pas un travail de petite fille : il devait ramasser une pleine fourche de graines, la faire passer par-dessus son épaule et la jeter dans la cuve, sans en renverser : un jet de trois mètres environ. Quelquefois, entre cinq et six heures du matin, les nègres les plus aguerris n'y arrivaient plus. C'était vraiment un sale boulot. Même Johnson, le contremaître, l'admettait quand il était dans un de ses bons jours.

Johnson entra dans le hangar à graines une heure après que Gene eut commencé son boulot. Il lui demanda son nom. C'était un type aux doigts énormes et au nez épaté, une véritable brute. Mais il fallait bien être un dur pour tenir en main le genre d'hommes qui travaillaient à l'huilerie de Lewisville.

« Je m'appelle Gene Morgan, lui répondit-il.

— Morgan. Ah bon ?

— C'est ce que j'ai dit.

— Eugene Morgan », reprit le contremaître, le nez dans son petit calepin maculé de traces de doigts. Se redressant, il demanda :

« T'es parent avec les Morgan d'ici ?

— Bon Dieu, non ! répondit catégoriquement Gene.

— D'où tu viens, alors ?

— Je viens de Pennsylvanie. »

Johnson grommela quelque chose en s'éloignant à grandes enjambées ; il avait à peine disparu derrière le tas de graines que le veilleur de nuit faisait son apparition. C'était un avorton qui aurait pu facilement passer pour un nain. Il jeta un regard furtif en direction de Johnson.

Il avait des yeux protubérants, comme ceux d'un lapin. Avant de s'approcher davantage de Gene, il le soumit à un examen détaillé.

« Salut », fit-il, sans desserrer les lèvres, gardant une prudente réserve.

Gene, balançant sa charge de graines de coton de toutes ses forces, le salua d'un signe de tête.

« T'es nouveau, hein ? constata le veilleur de nuit en se faufilant plus près de Gene.

— Je viens juste de commencer, répondit ce dernier.

— C'est bien ce que je pensais. Je connais tout le monde ici, tout comme je connais chaque homme, chaque femme, chaque enfant de la ville, surtout les femmes, ha ! ha ! »

Gene jeta une nouvelle pelletée de graines de coton. Il avait beau travailler dur, il ne parvenait pas à entamer le tas de façon visible.

« Et tu vas travailler ici un certain temps, hein ?

— Peut-être que oui, peut-être que non...

— Dis donc, mon gars, quel est ton nom ? demanda l'homme.

— Morgan.

— Morgan comment ? questionna-t-il encore en portant la main en pavillon à son oreille.

— Gene Morgan.

— Morgan, Eugene Morgan, hein ?

— C'est ça », dit Gene en regardant le visage jaune du gardien. Il essayait de découvrir s'il avait simplement affaire à un vieillard qui voulait être gentil, ou si c'était un flic. Il opta pour la première solution.

« T'es de la famille des Morgan d'ici ?

— Bon Dieu, non !

— Dis donc, mon petit gars, d'où tu viens ?

— J'arrive de Pennsylvanie », lui répondit Gene.

L'homme, dont la curiosité était provisoirement satisfaite, ramassa sa pointeuse et disparut derrière le tas de graines.

« Faut que je me dépêche, à la prochaine ! » cria-t-il du bout du hangar.

Gene se remit au travail dans l'atmosphère étouffante et saturée de poussière de charpie. Trempés de sueur, son pantalon et sa chemise pendaient pesamment sur son corps. Pour Gene, c'était une expérience nouvelle de se retrouver dans la peau d'un pue-la-sueur, mais il aimait cela. Cela lui donnait une sensation de bien-être.

Le vrombissement des arbres de transmission, le claquement des courroies, la plainte grinçante des vis sans fin dans les cuves d'alimentation, et surtout le rythme régulier des jets de vapeur qui fusaient de la chaudière dans la chambre des machines, tous ces bruits l'apaisaient.

Pendant une bonne heure, il pelleta de la graine, rythmant son travail en se chantonnant à mi-voix :

J'm'appelle Morgan, mais pas J. P. comm'le milliardaire,
J'ai jamais eu de banque à Wall Street
Vous avez pas pigé mes initiales,
J'm'appelle Morgan, mais pas J. P.[1]

Pendant la pause de minuit, tandis qu'il mangeait son casse-croûte, deux jeunes négresses risquèrent un œil par-dessus le tas de graines. Gene se croyait seul, lorsqu'il les entendit chuchoter doucement.

« Salut, monsieur, lui dit prudemment l'une des filles quand il se retourna.

---

1. Allusion à John Pierpont Morgan, célèbre financier américain (1837-1913). *(N.d.T.)*

— Salut, vous », laissa-t-il échapper, surpris. Il se retourna complètement, et se mit à les inspecter tout à loisir.

« Comment tu t'appelles ? » demanda-t-il à la plus proche des deux filles, tandis qu'elles s'avançaient et s'asseyaient près de lui sur le tas de graines.

« Ethel.

— Ethel comment ?

— Ethel Morgan.

— Ça c'est fort ! T'es parente avec les Morgan d'ici ? l'interrogea-t-il en pensant à Johnson et au veilleur de nuit.

— Non, monsieur. »

Il les examina de plus près en silence, et elles se mirent à glousser bêtement.

« Dites donc, demanda Gene en se dressant sur les coudes, qu'est-ce que vous faites, les poulettes ? Vous bossez ici ? »

Elles hochèrent vigoureusement la tête, en pouffant de rire. Gene ferma les yeux. Il essayait de se rappeler depuis combien de temps il ne s'était pas envoyé de fille. Cela faisait bien longtemps pour un type comme lui.

Ethel et sa compagne se glissèrent plus près de l'endroit où il était allongé sur les graines.

« Combien ? » demanda-t-il avec un clin d'œil.

Il finit son casse-croûte et s'étira. Les graines de coton étaient douces et fermes ; elles épousaient parfaitement la forme de son corps.

Il fouilla dans sa poche pour y dénicher une pièce. « On va faire ça à pile ou face, annonça-t-il en se remettant assis. Face pour Ethel et pile pour toi. C'est quoi, ton nom ?

— Fanny Morgan.

— Bon Dieu de bon Dieu ! » grommela-t-il, les yeux écarquillés. Il regarda de nouveau la pièce dans sa main, et poursuivit : « Allez, d'accord. Face pour Ethel, pile pour Fanny. »

Il jeta encore un coup d'œil à Fanny avant de lancer la pièce en l'air. Puis il reluqua Ethel et la compara à Fanny. Plus il regardait Fanny, plus elle lui plaisait. Des deux filles, c'était elle qui avait la peau la plus blanche, bien qu'elle fût mulâtre elle aussi. Elle lui plaisait.

Observant les deux filles, il conclut que c'étaient deux sœurs : elles avaient les mêmes sourcils, arqués de façon un peu particulière.

Gene fit tournoyer la pièce en l'air et la rattrapa entre les paumes de ses mains. Il jeta un coup d'œil à la pièce. C'était face. Il remit l'argent dans sa poche et sourit à Fanny.

« C'est pile ! » annonça-t-il en se levant et en étirant ses bras et ses jambes.

Ethel se laissa rouler au bas du tas de graines et disparut ; elle portait des jarretières jaunes.

Gene donna la pièce de vingt-cinq cents à Fanny. Elle la mit dans sa bouche et sourit, dévoilant le haut de ses gencives d'un rouge orangé.

3

Le passe-temps le plus populaire parmi les ouvriers de l'huilerie, à part se payer des femmes, c'était de jouer aux dés. Presque toutes les nuits il y avait une partie en train quelque part dans l'usine, et tous ceux qui avaient de l'argent, ou qui pouvaient en emprunter, tentaient leur chance. Ce fut le veilleur de nuit qui lui en parla le premier. En fait, on l'avait envoyé faire la retape : il devait inviter Gene, si toutefois ce dernier en avait les moyens. Les mises étaient habituellement de vingt-cinq, cinquante ou soixante-quinze cents par passe, bien que l'on ait vu des paris atteindre un ou même deux dollars, mais c'était en général la nuit après la paye.

Gene fit le tour des joueurs et trouva une partie intéressante, âprement disputée entre des hommes accroupis à même le sol dans la salle des presses. D'un coup d'œil, on lui fit comprendre qu'il était accepté. Il se coula dans le cercle ; on ne lui adressa pas un mot.

Quand ce fut au tour de Gene de faire rouler les dés, le grand type rougeaud qui lui faisait face et qui travaillait dans la salle des machines lui hurla :

« C'est ça, mon pote ! Chauffe-les bien, les petits chéris, ou sinon passe la main ! »

Et Gene faisait rouler les dés, mais il ne pouvait pas faire que des heureux… Ils jouaient la pendule, et celui qui était gagnant au coup de sirène gardait les mises.

« Allez, c'est ça, vas-y la Graine », lui dit un grand nègre à la peau très noire en lui souriant de toutes ses dents. « N'aie pas peur de les faire péter. »

Oui j'étais rond la nuit dernière,
Et j'étais soûl la nuit d'avant !

La partie continua. Gene gagnait, perdait, gagnait… La salle était pleine de bruits qui se répercutaient sur les sacs bourrés de farine de coton : on chantait, on sifflait, on jurait beaucoup. Ceux qui chantaient et qui sifflaient retenaient leur souffle à chaque fois que les dés s'immobilisaient, et repartaient de plus belle quand c'était fini et qu'une nouvelle manche commençait.

Le type accroupi à côté de Gene lui passa sa bouteille de ginger ale et entreprit de lui raconter une histoire, gagnant de la main droite ce qu'il perdait de la main gauche… il parlait sans s'interrompre.

Une veinarde, je m'la f'rais tous les jours.

« C'était dans une de ces taules dégueulasses où y te crachent dans la poche si tu fais pas gaffe, commença l'homme. J'ai demandé au mec si pour quarante cents y pouvait pas me trouver un pageot sans morpions pour y laisser tomber ma pomme… Y m'prend mon demi-dollar en se marrant tout seul, et y m'dit que je peux aller au numéro douze. J'y grimpe et je m'y pieute. J'y reste sans bouger pendant dix minutes, un quart d'heure, quand je sens ces putains de punaises qui me prennent pour une piste de danse ; elles commencent à se dérouiller les guibolles sur mézigue ; quand elles se sont mises à me piquer, j'ai foutu le feu à la paillasse ; j'y ai fait descendre les escaliers à coups de pompe et je l'ai balancée au mec qu'avait dit qu'y avait pas de morpions. Je vire son petit burlingue, je le chope par le colback et j'y colle la marque de mon ranch sur sa gueule. Quand j'ai eu fini, y avait un tas de mecs partout, ça fumait plein les escaliers, et les flics faisaient leur descente. Y m'ont mis au trou, mais, nom de Dieu, j'l'ai nettoyé, ce nid à morpions, il en est rien resté, ni petites punaises rouges ni baraque ! »

On joua deux tours avant que Gene ne commence à gagner. À ce moment, le nègre voulut miser à dix contre un sur le sept. Gene accepta, mais il se fit plumer et, avant qu'il ait pu renchérir, la sirène sonna une heure ; il était dedans de huit dollars.

« Pas de pot, la Graine », dit le nègre. En souriant, il remisa les billets verts dans son portefeuille. « Tu pourras essayer de te refaire demain soir.

— T'en fais pas, grommela Gene en comptant ses sous, j'te ferai doubler cette mise la prochaine fois, et après ça je doublerai peut-être encore. »

Gene retourna à son travail dans le hangar et se remit à manier sa fourche dans la cuve d'alimentation. Il avait perdu huit dollars, mais il ne s'en faisait pas : il récupérerait son fric en quelques nuits, et ferait en plus de gros bénéfices. Il savait faire danser les dés, tous les dés. Ils n'avaient pas besoin d'être pipés. N'avait-il pas réussi à vivre pendant quinze ans sans travailler dans des villes meilleures que celle-là ?

Il n'avait pas l'habitude de faire trimer son corps toute la nuit, et, lorsque au matin il quitta son poste, il ne parvint pas à trouver le sommeil. La question n'était pas tant d'arriver à dormir que de conserver son boulot s'il ne dormait pas. Le premier jour, il n'arriva absolument pas à fermer l'œil, et il traîna près des magasins jusqu'au moment de la reprise du travail. Cette nuit-là, aux environs de dix heures, il commença à se sentir la tête lourde, et la somnolence le gagna. Le contremaître faisait en général une ronde par nuit, mais on ne savait jamais à quelle heure il passait ; il ne tolérait pas que l'on s'assoupisse pendant le boulot, et, quand il prenait un gars sur le fait, il le virait à coups de pied. Et ce n'était pas la peine de demander son dû : c'était Johnson lui-même qui faisait les comptes. Gene courut ce risque ; à onze heures, il quitta son poste discrètement et s'allongea derrière le tas de graines. À une heure, la sirène le réveilla. Il se sentait mieux, et du moment que Johnson ne l'avait pas surpris tout allait bien. Cependant, le lendemain matin, il s'endormit dès qu'il se mit au lit dans son meublé.

Toutes les nuits, pendant une heure pleine, on jouait aux dés tout en avalant son casse-croûte. Le veilleur de nuit participait à toutes les parties, mais il était prudent. Il ne flambait pas et ne faisait pas monter les enchères ; mais, bien sûr, il acceptait ce qu'on lui proposait à plus de deux contre un. De cette façon, il gagnait toujours plus qu'il ne perdait : c'était comme si chaque mise de vingt-cinq cents lui rapportait un pot de cinquante ; il déposait ses économies à la Caisse d'épargne, et elles n'en ressortaient jamais.

Il n'y a pas qu'en jouant aux dés que l'on peut se faire de l'argent sur le dos des autres, et Gene connaissait un tas de méthodes pour y arriver.

4

Dès que la sirène annonça minuit, Gene se débarrassa de sa lourde fourche et se dirigea vers la pompe pour boire un coup. Il avait la gorge pleine de poussière de charpie, et même ses poumons étaient encrassés. L'air et l'eau étaient les deux seuls remèdes que le patron de l'usine offrait aux ouvriers de l'entrepôt. Il sortit du hangar qui abritait la pompe et prit le couloir d'aération. Là, au moins, l'air n'était pas chargé de charpie. Assis le dos appuyé au mur de l'abri, il mangea rapidement son casse-croûte et ferma les yeux. Bientôt il s'endormit, pour quelques minutes seulement. Il s'éveilla en sursaut et sortit sa montre. Il n'était que la demie. De l'autre côté du passage, assis sur un banc, contre le mur de la salle des presses, le veilleur de nuit mangeait son repas en silence, la tête penchée sur son petit panier d'osier. Gene se frotta les yeux ; il se préparait à se lever pour aller le rejoindre et lier conversation quand il s'aperçut que quelqu'un était assis près de l'homme. Un rai de lumière jaunâtre tombait en oblique des verrières de la minoterie et éclairait le petit homme aux yeux globuleux comme ceux d'un lapin.

L'autre personne était dans l'ombre. Protégeant ses yeux de sa main en visière, Gene put nettement distinguer une femme : sans aucun doute, c'était l'épouse du veilleur de nuit. Elle était cependant plus jeune que lui, d'une vingtaine d'années peut-être, voire davantage.

Pendant tout ce temps, elle n'avait pas quitté Gene du regard. À présent, son mari lui demandait si elle avait nourri les poulets avant de leur ouvrir le poulailler. Elle fit oui de la tête, scrutant la pénombre dans la direction de Gene.

Cinq minutes ou plus s'écoulèrent ; elle le regardait toujours. Les yeux de Gene s'étaient accoutumés à l'obscurité et il la voyait aussi distinctement qu'il avait vu le veilleur en pleine lumière. Elle le regardait toujours fixement ; Gene, en retour, la dévisagea avec défi. Leurs regards électrisaient l'air frais de la nuit. Elle n'était plus consciente de la présence de son mari. Pourtant, quand celui-ci lui parla, elle lui fit la réponse qu'il fallait, sans cesser de fixer Gene. Ses yeux étaient comme des étoiles, ils absorbaient la lumière jaunâtre qui tombait de la minoterie, la réfléchissaient et traçaient entre eux deux, à travers l'ombre de la nuit, comme un pont de lumière livide.

Fébrile jusqu'au bout des doigts, Gene la surveillait comme une proie.

Sans le quitter des yeux, lentement, délibérément, elle croisa les jambes. Troublé, Gene se tortilla sur son siège. La femme avait croisé les jambes avec abandon ; elle ne serrait plus les genoux, et sa jupe retroussée laissait voir ses cuisses. Gene ramassa une poignée de gravillons, et lui en envoya un, puis deux, trois, quatre, cinq, six, sept, une douzaine. De toute évidence, l'un des cailloux atteignit son but, car une nouvelle fois elle sourit, décroisa ses jambes et remonta sa jupe. À ce moment-là, le veilleur de nuit l'emmena.

Le lendemain soir, Gene s'arrangea pour arriver à la pompe avec quelques secondes d'avance. Quand la sirène retentit, il était en train de boire.

Il s'assit dehors dans le couloir, à côté de l'abri de la pompe, et alluma rapidement une cigarette. Comme il l'avait espéré, le veilleur de nuit apparut un instant plus tard, suivi de sa femme. Elle jeta un coup d'œil impatient en direction de l'abri. Gene tira nerveusement sur sa cigarette, cachant l'extrémité rougeoyante de sa main. Ils s'assirent sur le banc, et l'homme se mit immédiatement à manger son casse-croûte. Gene lança quelques gravillons à la femme ; en réponse, elle décroisa deux fois de suite les jambes à quelques secondes d'intervalle, en lançant à Gene des œillades ardentes. Quand le veilleur eut fini, ils se levèrent. Tandis que son mari refermait son panier et qu'il sortait sa montre, elle porta rapidement ses mains à la tête comme pour se recoiffer ; et, dans ce geste, le manteau qui avait enserré son corps s'ouvrit. Gene vit clairement qu'elle ne portait rien d'autre que des sous-vêtements.

Pendant plus de trente secondes, elle resta là, debout, immobile comme une statue soudain dévoilée ; son corps blanc et potelé luisait dans la faible lueur jaunâtre qui tombait des baies crasseuses de l'usine. Elle sourit à Gene, tout en surveillant son mari du coin de l'œil. Quand il fut prêt à partir, elle rassembla d'un seul geste les pans de son manteau et en drapa son corps.

Côte à côte, ils tournèrent au coin de l'usine et disparurent.

En guise d'adieu, elle jeta à Gene toute une série d'œillades par-dessus son épaule. Gene revint à son poste et se mit à manier sa fourche avec frénésie. Quand la sirène de une heure retentit, il travaillait déjà depuis dix bonnes minutes, mais cela lui était égal : l'épouse du veilleur de nuit l'avait excité comme peu de femmes avaient pu le faire auparavant. Gene faisait déjà des plans pour le jour où il la posséderait.

Le gardien revint de l'une de ses rondes de une heure du matin et monta sur le tas de graines. Pendant plusieurs minutes, personne ne parla. L'homme portait sa pointeuse à l'épaule, dans un étui de cuir. Il fut le premier à rompre le silence. Gene se défiait bien trop de sa propre voix pour s'en charger lui-même. Le veilleur de nuit sourit, serrant ses lèvres fines. Ses yeux de lapin étaient presque exorbités.

« Tu travailles drôlement dur, petit gars », commenta-t-il, continuant à rire sans desserrer les lèvres.

Gene le surveillait du coin de l'œil, acquiesçant de la tête. À ce moment précis, il aurait approuvé tout ce que l'homme aurait pu suggérer. À nouveau, il parla. Il y avait quelque chose qu'il ne pouvait pas garder pour lui plus longtemps :

« Tu sais la fermer, hein mon petit gars ? Je pense que tu vois ce que je veux dire ? »

Gene se dressa, comme tétanisé par l'intensité électrique de ces mots.

« Sûr », répondit-il, incertain. Ses yeux injectés de sang se veinèrent de bleu.

« Bon. J'ai une amie qui va s'amener dans quelques minutes ; si quelqu'un se radine, tu siffles. Faut pas prendre de risques par ici, tu sais.

— D'accord », promit Gene, d'une voix rauque et brisée par le soulagement. Son visage se détendit d'un coup, mais il se contrôla.

« D'accord, je sais ce que c'est. »

Le veilleur regardait Gene d'un air distrait. Il y eut un silence, meublé par les bruits habituels de l'usine. Gene se demandait s'il n'avait pas fait d'erreur, si la femme qu'il avait vue dans le passage était bien l'épouse du gardien. Mais, comme l'homme était debout devant lui, il n'allait pas prendre de risques : il tiendrait sa langue jusqu'à nouvel ordre.

Le veilleur s'assit sur la rampe d'approvisionnement, près d'une cuve ouverte. La visiteuse ne se fit guère attendre plus de quelques minutes, et, ensemble, ils passèrent par l'ouverture. Gene était en plein travail lorsqu'ils passèrent devant lui, mais il maniait sa fourche avec lenteur pour regarder la femme. Ce n'était pas celle qu'il avait vue dans le couloir. Cela lui fit plaisir. Elle avait à peu près trente ans, six ou sept de plus que l'autre, et son visage était si laid qu'il en était repoussant. Apparemment, le veilleur de nuit se préoccupait fort peu du visage ; il avait mis ses mains sur les hanches de la femme et l'attirait à lui.

Quand elle fut partie, le veilleur fit sa tournée de deux heures et, à son retour, tint à remercier Gene.

« On n'est jamais trop prudent dans le coin, mon petit gars, avec tous ces putains de mecs qui fouinent autour de l'usine pour voir ce qui se passe. Tiens, y a à peine une semaine, un des types d'en bas, qui travaille au silo à farine, a piqué sa femme dans ce coin de l'entrepôt à graines avec un jules, et j'ai bien cru que ça allait chauffer. Ouais, mon pote ; enfin, si je peux t'être utile un jour, mon gars, n'hésite pas à me le dire, et je ferai de mon mieux pour te rendre la pareille. Non, mon pote. Par ici, on n'est jamais trop prudent quand il s'agit de filer rencard à des poules.

— De toute façon, je connais pas de femmes dans le secteur, lui dit Gene. Je travaille toute la nuit et je dors presque toute la journée, c'est pas comme ça qu'on peut s'en draguer une !

— T'en fais pas pour ça, mon gars, lui dit l'homme sur le ton de la confidence. T'en fais surtout pas pour ça ! Les femmes de ce pays, c'est elles qui draguent les hommes. Tout ce que t'as à faire, c'est d'attendre et de te tenir prêt pour quand elles arrivent. J'en sais quelque chose. Attends un peu, et tu verras si ce que je te dis c'est pas la vraie vérité du Bon Dieu ! Elles viendront, je te le jure ! »

Gene le regarda. Il pensa à la femme qu'il avait vue dans le passage.

« Ça, c'était la femme du contremaître », lui révéla le veilleur dans un murmure rauque, les yeux exorbités, le pouce tendu dans la direction qu'avait prise son amie.

Le coin de sa bouche aux lèvres minces laissa filtrer un petit rire :

« Elle est pas mal non plus, pas mal du tout. »

5

Cette semaine-là, la femme du veilleur ne vint pas à l'usine.

Toutes les nuits, Gene s'installait dans le passage. Il emportait son casse-croûte avec lui à présent, et, entre minuit et une heure du matin, il restait là, tous les soirs, à guetter et à attendre, patiemment, le cœur plein d'espoir. L'attente l'exaspérait, le rendait malade. C'était la première fois qu'il lui fallait attendre plusieurs heures, plusieurs jours pour s'envoyer une femme. Jusque-là, il les avait eues tout de suite.

S'il découvrait que la femme était une allumeuse, il lui ferait payer cher les lapins qu'elle lui avait posés, il en faisait le serment. Mais, de toute façon, il ne pouvait rien faire tant qu'il ne la voyait pas seul à seul.

Quand Gene rencontra son mari la fois suivante, il lui demanda son nom. Il voulait se mettre en mesure de retrouver la femme et de la revendiquer s'il arrivait quelque chose au veilleur de nuit avant qu'elle ne revienne à l'usine.

« Oh ! Appelle-moi simplement Froggy la Grenouille, répondit l'autre, énigmatique.

— Froggy. Mais quel est ton véritable nom ?

— Merde ! Froggy, c'est pas assez bien pour toi, peut-être ? T'as qu'à gueuler Froggy et tu verras comment je rapplique !

— Bien sûr ! Mais imagine que quelqu'un vienne par ici et me demande où tu es. Imagine que ce soit une poule, et qu'elle me donne ton nom. Tu veux quand même pas que je lui réponde que je ne connais personne de ce nom-là ? Tu serais dans un drôle de pétrin, surtout si tu lui avais filé rencard ! Tu piges ?

— Bon Dieu ! Mon petit gars, je crois que pour ça t'as pas tort. Ça peut se produire tous les jours ; on sait jamais avec ce genre de trucs. Les femmes sont de drôles de créatures ; de toute façon, on sait jamais quelle idée elles vont aller se fourrer dans le crâne... Tiens, un jour je bossais à la filature, et une femme se pointe ; elle demande à tout le monde où que je suis, et personne savait qu'elle parlait de moi. Non, mon petit gars, on peut pas savoir, surtout quand c'est une femme qu'en pince pour toi. Je m'appelle Fuller, Ben L. Fuller. Tout le monde en ville me connaît, les hommes, les femmes et les enfants. Spécialement les femmes ! Ha ! Ha ! »

Ce nom, Gene n'était pas prêt de l'oublier : il était gravé dans sa tête pour toujours, c'est-à-dire qu'il ne l'oublierait pas avant d'avoir possédé Mme Fuller, avant de s'être lassé d'elle.

« Viens voir ici, mon petit gars, lui dit Froggy tout émoustillé. T'es un type à la coule, et je vais te confier un petit secret. Tu sais tenir ta langue, hein ? T'as de l'argent sur toi ? demanda-t-il pour commencer. T'as bien un ou deux dollars ? »

Gene le soupçonna de vouloir le taper, mais il admit avec réserve qu'il avait bien un ou deux dollars, peut-être même quatre ou cinq pour son usage personnel.

« Alors, écoute-moi. Cette semaine, en ville, y a la fête. Et nous, les gars de l'usine, on s'est mis d'accord, et on a engagé une danseuse de hoochie-coochie pour qu'elle nous fasse une petite représentation spéciale, ici, dans le hangar. Ce sera tout ce qu'il y a de plus privé, tu piges ? Et si elle te plaît, peut-être que tu pourras y filer un dollar de plus et l'emmener là-bas, au fond de l'entrepôt. Alors, tu marches ?

— Sûr ! J'y jetterai un coup d'œil. Quand est-ce que ça commence ?

— Cette nuit, nom de Dieu, mon pote ! À minuit pile, là en bas devant le hangar.

— D'accord, je marche ! Je m'inscris pour tout. »

Le veilleur de nuit ramassa sa pointeuse et descendit du tas de graines. D'en bas, il lui cria :

« D'abord un peu de hoochie-coochie pour se mettre en train. Le reste vient après. À ce qu'on m'a dit, c'est une jolie petite chatte ! »

Au premier coup de sirène de minuit, Gene jeta sa fourche et se précipita vers le devant du hangar. Il était à l'heure, mais il était loin d'être le premier, il s'en fallait de beaucoup ! Il y avait déjà une douzaine d'hommes assis au bord de la cuve d'alimentation. Ils étaient déjà excités par l'attente. En bas, dans le fond de la cuve, là où la graine de coton avait été enlevée, se tenait la femme qui prêterait son corps à la danse et qui le vendrait aux hommes. Elle était debout au milieu d'eux ; ils lui lançaient des poignées de graines et lui criaient des obscénités. Son corps était couvert d'une fine étoffe de soie orange. Le vêtement dessinait ses seins infatigables et moulait ses larges cuisses.

Elle parlait à l'un des nombreux hommes qui l'entouraient, sans cesse interrompue par la grêle de graines qui s'abattait sur elle. Gene se laissa glisser le long de la rampe vers le fond de la fosse et s'y assit en tailleur.

À présent, vingt-cinq à trente types étaient arrivés, et il en venait encore. Puis Froggy vint s'asseoir à côté de Gene. En lui donnant des bourrades dans les côtes, il se livra à de savants commentaires sur la gent féminine.

Le type qui avait parlé à la danseuse se retourna et fit face aux hommes perchés comme des vautours sur le tas de graines.

« Allez, les rois du coton, sortez votre pognon et le spectacle va commencer. Un dollar par tête. Envoyez l'oseille. Aujourd'hui, on ne resquillera pas comme la dernière fois ! »

Rassemblant pièces et billets dans ses mains, la femme les mit dans son sac. Quand tout fut à l'abri, elle posa le sac à côté d'elle sur le plancher, à un endroit où elle pouvait le surveiller. Puis elle se déshabilla, faisant glisser par-dessus sa tête la tunique de soie orange.

Elle n'était pas encore nue que déjà le hangar vibrait sous le tapage ; quand elle eut jeté son vêtement près de son sac, le tumulte était assourdissant. Elle adressa un sourire forcé aux hommes qui faisaient cercle autour d'elle et commença à se déhancher. Ses mouvements, d'une sensualité animale, étaient soigneusement étudiés pour enflammer leur désir. À l'évidence, c'était une excellente danseuse, et, dans un décor moins grossier, l'effet produit par le mouvement de ses hanches et de ses seins eût été sans doute moins crûment obscène.

Telle qu'elle dansait, là, sur le sol de la cuve, elle ne parvenait pas à créer le rythme ou la beauté. Les ouvriers s'abandonnaient simplement au désir qu'elle suscitait en eux. Personne ne savait quelles étaient ses pensées, tandis qu'elle dansait. Elle n'avait nulle envie de ces hommes ; elle savait que tout ce qu'ils souhaitaient, c'était d'être excités, puis soulagés de leur trop-plein. Ils la payaient pour la désirer, mais elle-même était incapable de les désirer. Le seul homme qu'elle avait jamais profondément aimé, c'était son mari.

Elle continuait à danser. Les hommes se rapprochèrent d'elle comme tenus en laisse ; ils se pressaient autour d'elle pour toucher son corps de leurs gros doigts, pour passer leurs mains sur sa peau. Elle était payée pour cela, tout comme eux étaient payés pour charrier les graines de coton, les presser et mettre l'huile en tonneaux. En ce moment même, elle faisait son travail, comme eux feraient le leur une heure plus tard. La danse allait bientôt atteindre son paroxysme. Les mouvements de la femme se faisaient plus lents, étaient sur le point de s'arrêter. Attaché au collier qui entourait sa gorge, un petit médaillon en or blanc allait et venait d'un sein à l'autre, comme le balancier d'une horloge. Elle était à quatre pattes à présent, et le médaillon pendait, vertical. Ses hanches étaient presque immobiles et ses seins vibrants pointaient vers le sol. Les hommes grognaient et gémissaient ; la fin était imminente. Le médaillon s'ouvrit et laissa échapper plusieurs portraits qui voletèrent vers le sol. L'un d'eux était tombé du bon côté sur le plancher de pin ; il représentait un enfant. La femme était à quatre pattes au-dessus de lui, et le regard du petit était fixé sur elle… Ce fut la fin de la danse.

« C'est bon, mon petit gars, dit Froggy en tirant Gene par le bras. On y va. Y faut foncer si on veut pas se retrouver bons derniers. »

La foule s'était dispersée ; pris de frénésie, les hommes couraient à présent vers l'aile nord du hangar, foulant aux pieds les graines de coton qui jonchaient le sol. La femme ramassa les petites photos qui étaient tombées du pendentif et les remit à leur place sans trahir aucune émotion. Puis elle se releva, ramassa son sac, jeta son manteau sur ses épaules et suivit les hommes sans se presser. Son visage était impassible.

Les ouvriers rongeaient leur frein et leur longue file d'attente ondulait d'impatience. Dans les rangs, on se battait pour gagner une place. Quand elle arriva enfin, il y eut comme une ovation qui couvrit le bruit des disputes.

« T'es plus jeune que moi, mon petit gars. T'as qu'à passer devant. Tu ferais mieux d'avoir ton dollar tout prêt dans ta main, ou tu te feras virer et y te faudra refaire la queue ! Je me rappelle un jour où on avait fait venir ici une poule d'un bordel ambulant. On faisait la queue, et le mec qu'était troisième sur la liste arrivait pas à sortir son pognon de sa poche assez vite ; alors, ceux qui étaient derrière l'ont fait dégager… »

Les rangs se resserrèrent.

6

L'un des premiers gars de son âge que Gene rencontra s'appelait John Hunter. Ils avaient lié connaissance en jouant ensemble au billard un samedi soir. Après cela, ils se revirent souvent. Ils faisaient la tournée des tripots, jouaient au billard et couraient les filles. Au bout de quelques semaines, Gene emmena ses affaires chez John, et il prit pension chez lui pour le restant de son séjour à Lewisville.

Tout gamin, John fréquentait déjà l'établissement de Sook Robinson : son père l'y amenait tous les samedis soir, et ils y passaient le dimanche. Son père, c'était le vieux Jim Hunter, que tout le monde appelait le Shérif. À cette époque-là, ils vivaient à environ deux kilomètres à l'est de la ville, dans une petite cabane de deux pièces, perchée sur une colline de sable, juste derrière la scierie que le Shérif possédait à Dirty Gut Creek.

La mère de John, qui était la cinquième femme du vieux Jim, était morte en lui donnant le jour.

Tous les samedis, quand il était midi au soleil, le Shérif fermait boutique, et, s'il avait assez d'argent, payait les manœuvres nègres. Quand ceux-ci étaient partis en ville, il réchauffait six ou sept tranches de lard salé et appelait John à la soupe. En général, avec le lard ils mangeaient quelques galettes froides qui restaient du petit déjeuner. S'il ne faisait pas trop chaud, et si le Shérif ne se sentait pas trop fatigué, il faisait un peu de thé de sassafras.

Après son repas, le Shérif faisait toujours une petite sieste d'une heure, à même le plancher de la cabane.

John, assis sur la première marche du seuil, attendait que son père soit prêt. Avant de partir pour la ville, ils mettaient une chemise propre de coutil bleu ; puis, comme tous les samedis, le Shérif allait se faire raser chez le barbier. Quand arrivait l'heure du dîner, ils descendaient chez Sook Robinson et ils y passaient le samedi soir, la journée et toute la soirée du dimanche.

Sook adorait John, et elle lui avait aménagé une petite chambre dans le grenier.

En été, il faisait pas mal chaud sous les combles, et John y dormait tout seul. Au contraire, pendant les mois d'hiver, en novembre, décembre et janvier, Sook faisait dormir une des filles avec lui dans le grand lit de plume près de la cheminée en brique.

Lorsqu'il fut plus grand, John ne voulait plus dormir qu'avec Flo. C'était elle qu'il préférait entre toutes – après Sook, bien sûr ! Mais Sook couchait avec le Shérif, et le Shérif ne voulait pas de lui dans leur lit. Sook n'aimait pas beaucoup Flo. Elle disait que Flo était trop jeune, et souvent elle s'en prenait à elle, et la chassait à coups de pied par la porte d'entrée. Mais elle se ravisait toujours avant que Flo n'ait disparu au bout de la rue, et elle la rappelait.

Tous les samedis soir en hiver, Flo emportait au lit un cornet de bonbons.

« Cette Flo, elle vaut pas un pet de lapin ! » criait sans arrêt Sook de sa voix rauque en s'adressant aux autres filles. « Regardez plutôt Bess ! C'est la meilleure pouliche de la maison ! Elle me rapporte cinq fois plus que cette conne, cette bonne à rien de Flo ! »

Des heures durant, Sook continuait dans cette veine, mais elle gardait Flo pour faire plaisir à John. Elle savait que si elle la mettait dehors John en aurait le cœur brisé. Toutes les nuits, Flo pleurnichait un peu en se mettant au lit. Elle ne pleurait jamais très fort, elle ne voulait pas déranger John. À cette époque, elle n'avait pas quinze ans ; ce n'était qu'une gosse.

Un soir, bien après minuit, alors que John et Flo bavardaient au lit, Sook entra dans la chambre et dit à Flo de descendre immédiatement. C'était la semaine de Noël, une période de pointe, comme disait Sook, et John avait douze ans. Il y avait eu un arrivage de clients, des forestiers, et on avait besoin de Flo. Elle ne put se recoucher que vers cinq heures du matin, et John l'entendit qui pleurait en montant les escaliers. Elle pensait qu'il dormait.

« Qu'est-ce qui t'arrive, Flo ? lui demanda John dès qu'elle ouvrit la porte.

— J'en ai plein le dos des vautours qui rôdent autour de cette taule », dit-elle d'une voix misérable. Elle était au bord des larmes et parlait en refoulant des sanglots. « Il n'en faudrait pas beaucoup plus pour que je quitte Sook, tu sais, John. Quand les clients sont corrects, ça m'est égal, mais j'en ai marre de ces dégueulasses qui me sautent dessus comme des busards. »

John l'embrassa.

« Pourquoi tous les hommes sont pas comme toi, John ? demanda-t-elle en pleurnichant.

— Je vais te dire ce qu'on peut faire, répliqua John sur un ton pressant : tirons-nous, et on se mariera quand je serai un peu plus vieux. Qu'est-ce que t'en penses, Flo ?

— Je partirai avec toi, John, je partirai quand tu voudras », promit-elle.

Ses yeux, bien que voilés de larmes, étincelaient de bonheur.

« Mais je ne peux pas t'épouser. Je vivrai avec toi aussi longtemps que tu le voudras, mais je ne peux pas t'épouser, John.

— Et pourquoi tu peux pas, Flo ? (Il l'implorait.)

— Parce que…

— Parce que tu ne veux pas ?

— John, tu sais bien que je le voudrais !

— Et pourquoi on peut pas se marier alors ?

— Parce que… Parce que Sook m'a esquintée. C'est pas une fille comme moi qu'il te faut comme épouse. Tu devrais trouver une fille bien, John. Moi, je suis trop vieille. Il te faut une fille jeune et propre, John. Et moi, je suis bien plus vieille que toi…

— Flo, je m'en fous de tout ça, je t'aime !

— Oui, tu en arriverais à m'aimer, mais ça ne durerait qu'un temps. Une fille qui a déjà servi, comme moi, tu pourrais pas l'aimer très longtemps. Je sais que tu veux une femme propre, John. »

À l'aube, ils s'endormirent, étroitement enlacés. Ils ne reparlèrent plus jamais de cette nuit-là.

Un samedi soir, quand John arriva, Flo n'était plus là. Sook lui dit qu'elle était partie une nuit, sans rien dire à personne. Elle ne revint jamais. Pendant tout le reste de l'hiver, John ne voulut pas que Sook fasse coucher une autre pensionnaire avec lui dans le grenier.

Cependant, l'hiver suivant, dès que les nuits commencèrent à se refroidir, une nouvelle fille vint lui tenir compagnie dans le lit de plume du grenier. Elle s'appelait Rose. John l'aimait bien, mais il n'avait pas oublié Flo, et il espérait qu'elle ne tarderait pas à revenir. John et Rose avaient à peu près le même âge : John allait sur ses quatorze ans et Rose en avait quinze. Ils s'entendirent bien dès le début, car ils avaient commencé ensemble leur vie d'adultes : John se sentait devenu un homme, et Rose était à présent une femme faite.

L'automne suivant eurent lieu les élections au poste de shérif, et, à la surprise générale, ce fut le vieux Jim qui l'emporta ; cela faisait une quinzaine ou une vingtaine d'années qu'il faisait acte de candidature, jusque-là sans succès. Tantôt il ne passait même pas le cap des élections primaires, tantôt il se faisait coiffer au poteau, battu de quelques voix. Tout le monde fut surpris, mais presque tout le monde fut content. On disait : « Il l'a bien mérité, depuis le temps qu'il est candidat. »

On aurait dû l'appeler « Monsieur le Shérif Hunter » à partir de ce jour-là, mais il resta simplement « le Shérif » comme par le passé, et on lui promit de le reconduire dans ses fonctions à l'élection suivante.

Lorsqu'il prêta serment, il confia à John la direction de la scierie de Dirty Gut Creek, qui lui rapportait un tas d'argent à cette époque, et il se fit construire une grande maison de dix pièces en ville.

Tous les samedis soir, le Shérif descendait faire son tour chez Sook Robinson, et, de temps en temps, au début de la semaine, en dehors des heures de pointe, comme elle disait, Sook venait chez lui. Elle y restait deux ou trois jours durant, et, quelquefois, si l'envie l'en prenait, elle lui faisait un peu de ménage, lavait les carreaux, frottait les planchers, et ainsi de suite.

Quand elle était vraiment dans un de ses bons jours, elle faisait du pain pour une semaine, et, le soir, pour le dîner de John et du Shérif il y avait deux ou trois tournées de petits pains tout chauds. Un peu plus tard, Rose commença à venir presque chaque semaine à la maison, et à y passer la nuit avec John. Un soir, elle arriva avec sa valise et lui annonça qu'elle ne voulait plus retourner chez Sook. John espérait toujours que Flo reviendrait, mais il dit à Rose qu'elle pouvait rester avec lui si elle le désirait. Sook n'essaya jamais de la récupérer :

« Elle m'coûtait plus d'argent que ce qu'elle me rapportait », expliqua-t-elle au Shérif.

Plusieurs fois cet hiver-là, John oublia à qui il avait affaire et appela Rose « Flo », mais Rose lui dit que cela lui était égal. Elle lui dit même qu'elle céderait la place si Flo revenait, mais Flo ne revint jamais.

7

Quand Gene vit Sook pour la première fois, cela faisait plus d'un mois qu'il s'était installé chez Jim. Le Shérif était parti à Atlanta la semaine précédente, « pour affaires », avait-il dit. Personne ne savait quand il devait revenir et on ne s'en préoccupa guère avant le dimanche suivant. Ce soir-là, Gene, Rose et John étaient à table lorsque la porte vola en éclats : Sook, sans prendre la peine de tourner la poignée, avait fait sauter la serrure d'une bourrade digne d'un marteau-pilon. Balayant devant elle les tables et les chaises comme s'il s'était agi de jouets dans une maison de poupée, elle fonça droit vers la salle à manger ; ignorant Rose et Gene, elle se précipita vers John.

Il s'était passé quelque chose avec le Shérif, Rose en était sûre : à part Jim, Sook n'aimait personne au monde.

« Où est-il, ce minable enfant de salope ? Commença-t-elle à beugler à l'intention de John.

— De qui diable est-ce que tu causes, Sook ? demanda-t-il, furieux.

— Tu sais bien de qui je parle ! Où qu'il est ? glapit-elle.

— Elle veut parler du Shérif, souffla Rose à mi-voix.

— Arrête ton cirque, Sook, commanda John en se levant. Qui est-ce que tu veux voir ?

— Fais gaffe, murmura Rose à l'oreille de Gene. Elle est complètement dans les vapes. Si elle sort un flingue et qu'elle menace John, tu lui cognes sur la tête avec une chaise.

— Me raconte pas que tu sais pas qui je cherche ! »

Elle hurlait, déchaînée.

« Je cherche cet enfoiré, ce fils de pute qui s'est tiré et qui s'est marié sans rien me dire. Où il est ? Tu vas me le dire ? »

Elle se rua sur lui à grandes enjambées, menaçante. John se tassa dans son fauteuil.

« Le Shérif, il est rentré ? Me raconte pas d'histoires ; je veux pas avoir à te descendre, John, mais si tu me montes un bateau, aussi vrai que je suis là, je te fais la peau, putain de Dieu, je te sors les tripes et le diable pourra s'en faire des saucisses ! »

De la poche de sa jaquette, Sook fit jaillir un pistolet. En attendant la réponse de John, elle lui agita sous le nez l'automatique d'acier bleu. Elle trépignait d'impatience.

« Il est pas encore rentré, Sook, je te le jure sur ma tête, dit John d'un ton suppliant. (Il tremblait.)

— Et tu sais quand y va revenir ? Me raconte pas d'histoires, John ! Y m'faut moins de temps à moi pour expédier ton âme en enfer qu'à toi pour me sortir tes salades.

— Je ne sais pas, Sook. Y m'a jamais dit quand y rentrerait. »

Elle le crut. La tension retomba tout d'un coup. Le sang reflua du visage de Sook ; elle était livide. Rose savait comment s'y prendre avec Sook quand elle était camée à la neige ; elle s'approcha d'elle et la fit s'asseoir près de la table.

Personne ne parlait. Sook tenait toujours l'automatique. Gene avait du mal à respirer : des dingues et des camés, il en avait vu pas mal dans son existence, mais, à côté de Sook, ils seraient presque passés pour des fauves apprivoisés.

Rose donna à Sook une tasse de café ; elle lui prit l'arme des mains et la posa dans un coin, sur le dessus de l'armoire. John et Gene se remirent à manger.

Rose remplit à nouveau la tasse de Sook. L'effet de la drogue ne semblait pas devoir s'estomper davantage pour le moment, mais le café ne ferait pas de mal.

Des lueurs jaunes dansaient encore dans les yeux de Sook ; elle but son café très chaud, sans lait et sans sucre. On attendait qu'elle parle, c'était à elle de donner des explications. Cinq minutes plus tard, quand les vapeurs de la drogue se furent un peu dissipées dans son esprit, elle leur dit :

« Une de mes filles vient juste de revenir d'Atlanta ; elle m'a dit qu'elle avait vu le Shérif et qu'il était marié. »

Elle regarda autour d'elle, attendant les commentaires.

« Bon Dieu, Sook ! dit John en se dressant sur sa chaise, pourquoi qu'il est allé faire ça ?

— Dieu seul le sait ! Moi, j'en sais rien. Le Shérif, il est trop vieux pour se marier. Ça lui réussira pas. Il est trop vieux, c'est même plus un homme maintenant. J'suis bien placée pour le savoir, comme si ça faisait pas plus de vingt ans que je me le mets au lit ! Et le voilà qui se tire et qui se marie avec une moins que rien, dégotée dans un hôtel... Dieu seul sait pourquoi il a fait ça ! Ça lui vaudra rien de bon de se marier, il est trop vieux pour se payer une femme à lui tout seul comme ça... »

Des larmes coulèrent de ses yeux et tombèrent sur la toile cirée bleue. Des sanglots secouaient sa poitrine. La cocaïne finissait son effet.

« Pauvre vieux Jim le Shérif ! Une quelconque putain de salope de là-bas l'a soûlé et l'a marié pour lui piquer tout son pognon. Attendez un peu qu'elle se pointe par ici ! J'y arracherai ses sales tripes et je lui ferai bouffer sans sel et sans poivre ! Quand même, ce pauvre vieux Jim !... C'est qu'un gosse, et cette petite garce, cette traînée qui se fait épouser ! Quel âge a ton petit papa, John ? Voyons : y a deux ans, si je me rappelle bien, y m'a dit qu'il avait soixante-huit ans. Ça lui en fera soixante-dix à l'automne. Pauvre vieux Shérif ! attends un peu que cette raclure s'amène, et tu verras le travail ! J'la farcirai tellement de plomb qu'il faudra dix costauds pour la faire rouler dans sa tombe ! Ces sales putes d'Atlanta me font...

— Je ne ferais pas ça si j'étais toi, lui conseilla Rose. Ça servirait plus à rien maintenant. On trouvera bien un moyen de la faire déguerpir ; on pourrait lui faire peur, lui raconter que la femme de Jim va faire une réapparition ou quelque chose de ce genre. Elle retournera à Atlanta comme si elle avait le feu aux fesses ! »

Sook se servit un peu de fricassée de poulet. Rose lui versa une autre tasse de café et John lui alluma une cigarette. Elle était tout à fait bien à présent.

Quand tout le monde eut fini de manger, Sook remarqua la présence de Gene pour la première fois.

« Qui c'est, ce gosse ? demanda-t-elle à John en montrant Gene du bout de sa fourchette, familièrement.

— Qui ça ? Gene ? Bon Dieu ! C'est pas un gosse, il est plus vieux que moi !

— Gene ?

— Gene Morgan.

— Seigneur ! C'est toi, le fils du vieux Morgan ? C'est avec toi qu'il arrête pas de me rebattre les oreilles ?

— Quel Morgan ? demanda Gene avec mépris. Merde ! J'ai pas de vieux, pour autant que je sache.

— J'aurais juré que t'étais de la famille des Morgan d'ici ! Tu ressembles un peu au vieux. Hein, qu'il lui ressemble, John ? C'est pas de pot que tu sois pas son gosse : il doit bien avoir un million de dollars planqués au frais quelque part. Y m'a dit qu'il en gardait une partie pour son con de fils qui est on ne sait où.

— Qu'est-ce que tu dirais de me prêter dans les dix mille sacs, Gene ? dit John en riant.

— Ça y est, interrompit Sook, se penchant sur la table. Je sais qui tu es ce coup-ci. Ça fait trois ou quatre semaines que j'entends parler de toi à droite à gauche. C'est toi le chéri de ces dames ! Tu les démanges tellement qu'on croirait qu'elles vont se mettre à courir après leur queue, comme un vieux sac à puces de chien ! Tu parles que je te remets ! Tu travailles à l'huilerie, même que t'es d'équipe de nuit, hein ? »

Gene acquiesça d'un signe de tête. Il n'y comprenait rien.

« Bien sûr que c'est toi ! Y avait un type dans ma taule l'autre soir ; y faisait un de ces ramdams à ton sujet ! Il disait qu'il allait te descendre si tu laissais pas tomber avec sa femme. Hein que c'est toi ? J'ai l'impression que tu sais de qui je parle, pas vrai ?

— C'est quelqu'un d'autre, c'est pas moi. J'connais pas encore de femme dans les parages.

— Ouais, c'est bien toi, je le sais. Le mec disait que sa femme te suivait partout en ville, que tu travaillais dans l'équipe de nuit à l'huilerie, et que ça faisait un mois ou deux que t'étais arrivé en ville. Évidemment que c'est toi. Mais, écoute-moi bien ; tu ferais mieux de faire gaffe à ce que tu fais dans le coin. Si j'étais à ta place, je me baladerais pas par ici en plein jour avec des femmes, et en tout cas pas avec des femmes mariées. J'ai vu plus d'un jeune coq se faire descendre depuis que je vis à Lewisville !

— Tu ferais mieux de te tenir peinard, lui conseilla John, sérieux.

— Viens faire un tour chez moi un de ces soirs, dit Sook de bon cœur, on t'arrangera ça !

— Merci, répondit Gene, en faisant un clin d'œil à Rose. Je ferai un saut quand j'aurai plus que ça à faire ! »

8

Quand arriva le lundi matin, Gene avait décidé de prendre quelques jours de repos. Il commençait à se fatiguer de l'usine. C'était la raison principale, mais en outre il voulait être dans les parages pour le retour du Shérif et de son épouse. Comme il n'avait rien à faire, il décida de prendre la plus grosse cuite possible. Il trouva de l'alcool de grain sous la table de la cuisine, et, vers quatre heures, il en avait bien descendu un litre.

Il passa le reste de l'après-midi en ville sous une table de billard. À la nuit, il se leva et acheta une autre demi-bouteille d'un alcool blanc et âcre. Quand la salle de billard ferma ses portes à minuit, quelques types le jetèrent dehors et le mirent sur le chemin du retour. Il était à une rue de chez lui quand un flic qui faisait sa ronde de nuit le repéra. Il l'emmena au poste, et le jeta au trou pour qu'il y cuve pendant le reste de la nuit.

Quand Gene se réveilla le lendemain matin, il y avait une fille sur la paillasse de la cellule voisine. Il ne l'avait pas vue la nuit précédente. Pathétique, elle était blottie sous sa couverture jaune et crasseuse.

Elle pleurait doucement, le visage caché derrière ses mains. Gene se frotta les yeux et la dévisagea.

« Qu'est-ce qui va pas, ma petite ? » lui demanda-t-il.

Elle sortit le nez de la couverture et regarda Gene, mais elle ne lui répondit pas.

« Qu'est-ce qui t'est arrivé, ma petite ? (Il essaya encore d'obtenir une réponse.) Quelque chose qui va pas ? »

La fille se retourna et se mit à pleurer de plus belle. Sa robe était chiffonnée et ses chaussures étaient couvertes d'une croûte de boue rouge. Quand, plus tard, le gardien entra dans sa cellule pour lui apporter le petit déjeuner, Gene repoussa la gamelle sous son lit et interrogea l'homme au sujet de la fille.

« Eh, qu'est-ce qui tourne pas rond chez toi ? Tu dois être cinglé pour t'occuper de cette fumelle au lieu de demander si tu vas pouvoir sortir d'ici ! Hein ?

— T'as raison. Quand est-ce que je sors d'ici ?

— Le chef, il m'a dit de te laisser filer à midi, et pas une minute plus tôt.

— Merde alors ! J'suis assez dessoûlé pour me tirer tout de suite. Mais dis-moi : qu'est-ce qu'elle fait en taule, cette petite ?

— Dis donc, tu devais en tenir une belle la nuit dernière. Tu l'as pas vue quand t'es arrivé ?

— Non ! »

Le gardien s'assit sur la paillasse à côté de Gene et lui demanda une cigarette.

« Eh ben, commença-t-il en tirant une grande bouffée sur sa cigarette, Mike… C'est le gardien qu'est de service le matin… Mike, il l'a ramassée tôt hier matin dans River Road, et il l'a amenée ici, en m'disant de lui donner à bouffer. Bon. Alors, je... eh, tu sais on la recherche là-haut à Williamston, dans le Delaware, pour une fugue ou quelque chose de ce genre. Donc, je descends, et je lui remonte une grande gamelle pleine à déborder de légumes, de lard salé et de galettes de maïs, mais elle met son tarin au-dessus de l'écuelle, renifle un coup et veut pas toucher au frichti. Et elle dit qu'elle a pas bouffé depuis lundi ou mardi dernier. Ça commence à se voir à sa tête, d'ailleurs. Ouais, tu sais, j'en ai vu qui tenaient comme ça sans croûter pendant une semaine ou plus, mais, quand y se remettaient à se remplir la panse, ils y allaient pas avec le dos de la cuillère ! Alors, je... hé dis, tu devais être sacrément cuit la nuit dernière pour pas renifler l'odeur de c'te fumelle... Où j'en étais ? Ah ! oui : depuis le début, elle me plaisait, la poulette, ouais ! Alors je rentre dans sa cage et j'y dis : "Alors, ma p'tite loute, comment tu vas ?" C'était un drôle de glaçon, comme dit l'autre, et j'en ai bavé quand j'ai tâté le terrain pour voir si elle était bien ce qu'elle avait l'air d'être. Bon alors, j'y vais doucement à côté d'elle, et je laisse balader mes mains sur sa géographie comme dit l'autre... Mais elle me colle une baffe et elle plonge sous le pieu. Alors j'y attrape la guibolle et j'commence à la besogner, mais, comme dit l'autre, "une pipe, ça peut pas se fumer à froid", alors je la fais grimper sur le pieu où ce serait plus facile. Mais comme je pige qu'elle voudra pas marcher, j'y dis : "Qu'est-ce que tu dirais de sortir d'ici ?" Et elle me répond aussi sec : "Vous me laisserez partir ?"

« “Ça dépend, que je lui fais, si je te laissais te tirer, je pourrais y perdre ma place !” Alors elle se met à chialer et tout, comme font les fumelles. J'la laisse mariner un peu dans son jus, comme dit l'autre, et j'y fais : “J'te laisserai filer demain matin au lever du soleil si tu me prends dans ton pieu avec toi.” J'ai vu tout de suite qu'elle était pas chaude, mais elle aurait fait tout ce que j'y aurais dit tellement qu'elle avait envie de sortir d'ici.

« Et puis, elle m'a demandé : “Vous me laisserez partir ?”

« “Promis, je lui réponds. Tu pourras partir au lever du soleil si tu me laisses venir au pieu avec toi. Qu'est-ce que t'en dis, hein, mignonne ?” Et je continue comme ça, jusqu'à ce qu'elle me regarde avant de fermer les yeux et de s'étendre sur le pageot. Eh ben, tu vois, j'ai pas eu de mal à mettre ma lettre dans sa boîte comme dit l'autre ; pourtant, j'étais le premier, à ce qu'elle m'a dit. Ouais, c'était au poil. C'est pas souvent qu'une chouette petite poulette au poil comme celle-là se pointe dans ce trou ! Merde, un type finit par en avoir marre de s'envoyer que des négresses tout le temps. Ça me rappelle qu'il faut que je te dise, ici, la semaine dernière, on a eu comme pensionnaire une petite pétroleuse café-au-lait ; elle avait le feu à l'entresol ! C'est pas de la blague. Enfin, y a pas à dire, des petites gonzesses comme celle d'à côté, comme dit l'autre, c'est du tout bon pour les mecs comme moi.

— Pourquoi tu l'as pas laissée filer, si elle a marché ?

— Merde, mon vieux, je me serais fait virer si j'avais fait ça ! »

Gene regarda la fille dans sa cellule. C'était tout à fait le genre de fille qu'il aimait.

« Dis donc, reprit le gardien, sérieux, qu'est-ce que tu dirais de passer dix minutes avec elle ?

— Comment tu veux que je rentre dans sa cage, avec toutes les chaînes et toutes les serrures qui traînent dans le coin !

— Si tu sais la boucler, je te laisserai y aller. Mais faudra que tu la prennes de force, c'est la seule solution maintenant ! »

Gene enleva son manteau et suivit le gardien. Ils sortirent de sa cellule et pénétrèrent dans celle où la fille se tenait couchée. Son visage était couvert de larmes, et ses cheveux tombaient sur ses épaules. Sa robe était déchirée au cou. Quand Gene entra, elle se leva d'un bond, s'attendant à être libérée. Mais quand elle vit le gardien, elle retomba sur sa paillasse comme un pantin, le visage défait.

Elle ne dit pas un mot. Gene jeta une couverture en guise de rideau sur la porte grillagée de la cellule et s'assit sur la paillasse à côté de la fille.

Avant le début des hostilités, il la passa soigneusement en revue. Puis il lui tordit le bras jusqu'à ce que, de douleur, elle se morde les lèvres au sang. Mais elle ne résista pas très longtemps, et bientôt elle se laissa aller sur le lit, les yeux révulsés et rouges de larmes.

Quand il eut fini de la violer, il lui prit une bague en or qu'elle portait au doigt et jeta sur son corps dénudé la couverture jaune crasseuse.

Les doigts du gardien avaient imprimé des bleus tout autour de son cou et sur ses seins. Quand il en eut terminé avec elle, Gene siffla le geôlier et se fit ouvrir la porte.

À midi, il rentra chez lui pour déjeuner, en sifflotant tout le long du chemin.

Avant d'arriver à la maison, il sut qu'il n'y aurait plus d'autre nuit d'usine pour lui. Le travail lui faisait perdre trop de belles occasions. Cette fois-ci, c'était bien fini.

9

Le Shérif et son épouse revinrent dans la nuit du samedi suivant. Le père de John fit son entrée, livide comme un homme qui aurait passé une semaine dans sa tombe avant de se décider à jouer les revenants.

Elle s'appelait Kitty.

On présenta Rose à Kitty, et tout le monde se rendit dans le salon pour y attendre Sook, qui, pensait-on, serait là d'une minute à l'autre. Le Shérif se laissa tomber sur sa chaise près de la table au milieu du salon et prit le journal. Rose resta debout près de la fenêtre, qui donnait sur la rue, guettant Sook. Gene s'allongea sur le canapé et alluma une cigarette ; il regardait les jambes de Kitty et les mouvements de ses seins tandis qu'elle allait et venait dans la pièce, fumant et parlant à John, passant tout en revue. Les yeux de John aussi étaient pleins de concupiscence.

« Ça peut pas être pire, dit Kitty avec une moue dédaigneuse et en faisant tomber la cendre de sa cigarette sur le tapis.

— Qu'est-ce qui peut pas être pire ? demanda John.

— Cette ville !

— Dans quel palais est-ce que tu vivais jusqu'à maintenant ? lui demanda Rose d'un ton moqueur en se tournant vers elle.

— Où est-ce que tout le monde est passé ? interrogea Kitty en s'adressant à Gene, comme si Rose n'avait pas existé. Y sont à l'église ?

— Y sont tous partis se coucher, les gens de la ville, sauf Sook Robinson, répondit Rose en regardant Gene et John avec un sourire entendu. Et elle va pas tarder à se pointer pour mettre de l'ambiance dans cette baraque !

— Sook Robinson ? (Kitty fronça les sourcils.) Qui c'est, celle-là ? La cuisinière, la lingère ? »

Par-dessus son journal, le Shérif regarda Kitty d'un air désespéré.

Gene fit un clin d'œil à Kitty et lui lança une boulette de papier. Elle vint vers lui et s'assit à ses côtés sur le canapé, posant ses pieds sur la chaise sur laquelle le Shérif se vautrait. Il lui fit un clin d'œil, d'abord avec son œil gauche, qui était normal, puis avec le droit, celui qui était sanguinolent.

« Qu'est-ce qu'on peut foutre par ici quand c'est pas les vacances ? demanda Kitty en bâillant.

— On va se pieuter », chuchota Gene en frottant sa barbe de cinq jours contre la joue de la fille.

Kitty fit un clin d'œil à John.

Le Shérif ralluma son cigare.

« Qu'est-ce que tu regardes, ma petite chérie ? demanda Kitty à Rose en riant. Y a un défilé dans le coin ?

— Un défilé, y en aura un quand Sook en aura fini avec toi, répondit Rose sans tourner la tête, mais ce sera un défilé mortuaire et le cortège passera devant ton cercueil !

— Tu parles ! Pourquoi elle me ferait peur, avec tous ces balèzes dans la pièce qui sont prêts à me défendre !

— Y en a qu'un qui t'appartienne ici, et il a la trouille de Sook !

— Et toi, alors ? T'en as combien des mecs qui t'appartiennent ?

— Y en a un, mais des chouettes comme ça tu seras jamais foutue d'en avoir !

— Tu parles ! À t'entendre, on croirait que je peux pas me draguer n'importe quel mec ! »

Rose se leva en secouant ses mèches brunes. Elle se mit à aller et venir à grandes enjambées. Le Shérif, gêné, regardait Kitty de derrière son journal. Elle faisait exprès de montrer ses cuisses à John.

Quand Rose eut le dos tourné, Kitty lui fit des grimaces ; quand elle fut de retour devant la fenêtre, Kitty remonta ses bas et fit claquer ses jarretières avec un bruit sec.

« C'est ça, fais la maligne, montre-les tes jambes, rugit Rose. Ça prouve bien quel genre de femme tu es !

— Et toi, ma petite chérie, d'où tu viens ? D'un couvent ?

— De la rue. Mais moi, je fais pas de fredaines avec les mecs des copines !

— Pourquoi ça, ma choute ? Y veulent pas de toi ?

— Allons, allons, Kitty ! admonesta sévèrement le Shérif. Tiens-toi bien !

— Merde ! J'espère que tu penses quand même pas que je la laisserai me mettre à la porte de mon nouveau chez-moi ?

— Mais, bon Dieu ! qui te parle de te mettre à la porte ? hurla Rose, furieuse. Fiche la paix à John, et je t'emmerderai pas.

— Non, mais ! C'est John, ton mec ? J'croyais que c'était Gene que t'essayais de coincer. John ? Tu parles ! Viens, mon petit John, viens embrasser ta nouvelle maman. Y a rien de mal pour une mère à embrasser et à câliner un peu son fils. Qu'est-ce que t'en penses, ma petite chérie ? »

Elle attira John contre elle, lui pressa le visage sur ses seins et lui fit des baisers sonores sur les lèvres et dans le cou.

Traversant la pièce à toute allure, Rose se jeta sur elle.

Brutalement arraché à l'étreinte de Kitty, John tomba par terre. Rose gifla sa rivale si violemment que la marque rouge de ses doigts apparut sur le visage de Kitty.

Le Shérif les sépara, projeta Rose à l'autre bout de la pièce et mit John dehors à coups de pied. Gene, lui, resta hors du coup.

« Pourquoi tu peux pas te tenir tranquille, Kitty, et foutre la paix à Rose. Elle est pas du genre à se laisser raconter des conneries sans réagir, t'as dû t'en rendre compte.

— Tu parles ! J'y faisais même rien, et la voilà qui s'amène et qui me tape dessus. J'suis une dame, moi, et si j'accepte ça sans réagir, je serai vraiment qu'une pute de quat'sous ! Lâche-moi, je vais la dérouiller ! Lâche-moi, j't'ai dit ! »

Le Shérif lui tenait les bras derrière le dos.

« Pourquoi tu te remets pas à faire le tapin, pourquoi tu retournes pas à ton trottoir, au lieu d'essayer de t'accrocher aux basques de gens bien pour semer ta merde ? Hein, pourquoi, dis ?

— Écrase, Rose, laisse Kitty tranquille ! ordonna John.

— Toi, ta gueule ! C'est elle qui a commencé, moi j'y faisais rien. »

Le Shérif relâcha Kitty et alluma un cigare.

« Sook va chercher des crosses à tout le monde quand elle arrivera », dit Gene en criant pour se faire entendre dans le tumulte.

Rose retourna à sa chaise près de la fenêtre, et se mit à guetter Sook.

Debout devant le miroir de la cheminée, Kitty se poudrait le nez. Quand elle eut fini, elle se passa la langue sur les lèvres. À présent, Gene n'arrêtait pas de la regarder. Il aimait la façon dont sa robe moulait ses cuisses pleines. Kitty se pavanait dans la pièce et frôlait John des hanches à chaque fois qu'elle passait devant lui. Toutes les cinq minutes, Rose levait les yeux et les regardait d'un air mauvais. Soudain, elle bondit sur ses pieds et balança un cendrier en porcelaine au visage de Kitty. Elle manqua sa cible d'un cheveu, et le cendrier s'écrasa contre le mur. Tous sursautèrent, effrayés, imaginant que ce bruit annonçait l'arrivée de Sook.

« T'as bien raison, tortille ton cul dans toute cette putain de pièce ! vociféra nerveusement Rose de sa voix criarde. Pourquoi tu te fous pas à poil, tu te le draguerais encore plus vite, espèce de morue à la noix. J't'ai vue lui balader ton cul sous le nez, à mon John, et je veux bien être pendue si je te laisse continuer à jouer ce petit jeu plus longtemps ! »

À part son souffle rapide, on n'entendait pas un bruit dans le salon. Le Shérif ralluma son cigare ; il eut besoin de trois allumettes pour arriver à ses fins.

« Tout le monde est contre moi, soupira Kitty, désespérée, en appuyant sa tête sur l'épaule de Gene. Rose m'aime pas et y a une autre femme qui va venir pour m'faire quitter la ville.

— J'ai rien contre toi, moi, lui chuchota Gene à l'oreille d'une voix rauque. Donne-moi une chance et je te montrerai comme j't'aime bien ! »

John chuchota quelque chose à l'autre oreille de Kitty.

« Et le Shérif, qu'est-ce que t'en fais ? » lui glissa Gene, la main devant la bouche.

Kitty se mit à pouffer.

John se pencha vers elle et lui chatouilla les genoux avec un morceau de papier. Gene ne le quitta pas des yeux jusqu'à ce qu'il eût jeté son papier et se fût laissé retomber sur sa chaise. Rose, attirée par les chuchotements étouffés, se leva et s'approcha sur la pointe des pieds.

« Sook ne viendra pas ce soir », déclara John d'un ton péremptoire.

Il se leva et s'étira.

« J'crois bien que je vais aller me coucher.

— Y a rien de mieux à faire dans ce coin », dit Kitty en lançant une œillade à Gene.

D'un geste las, le Shérif se débarrassa de son journal. Son cigare n'était plus qu'un moignon.

« T'es prêt à aller au lit, mon chou ? demanda Kitty au Shérif. (Elle fit un clin d'œil à Gene.)

— J'crois bien qu'il est l'heure, répondit-il en grattant son crâne chauve.

— Et qui est-ce qui va monter la garde en attendant Sook ? interrogea Rose, inquiète.

— Qu'elle aille au diable ! proclama John vaillamment. C'est pas une bête fauve, Sook. De toute façon, à qui elle fait peur, hein ?

— À toi ! Hein que t'en avais bien peur, l'autre soir ?

— Quel langage, ma petite chérie ! » Kitty haussa ses frêles épaules.

« Allez, va te coucher, Rose, lui ordonna John en lui faisant passer la porte.

— Ferme à clé, John ! enjoignit le Shérif. Viens, Kitty, on va au lit. »

Gene regarda Kitty tandis qu'elle montait l'escalier avec des mouvements suggestifs. Il alla dans sa chambre, s'assit sur son lit et attendit. Une demi-douzaine de cigarettes plus tard, une porte grinça dans le hall au rez-de-chaussée et quelqu'un s'approcha de sa chambre sur la pointe des pieds. D'un bond il ouvrit la porte, et Rose entra.

« Tu pensais que c'était Kitty, n'est-ce pas ? lui demanda-t-elle avec un sourire.

— Où elle est ?

— Elle vient d'entrer dans la chambre de John.

— Éteins la lumière », grogna-t-il d'une voix rauque. Rose fit tourner la clé dans la serrure.

10

Par moments, la chaleur suffocante et épuisante qui régnait sur Lewisville pendant les six mois d'été lui devenait presque insupportable. Cependant, dès qu'il eut appris à endurer la canicule de midi, en se couchant nu à même le plancher et en buvant de l'eau glacée, Gene fut victime d'autres malheurs : pour commencer, le Shérif avait décrété qu'il allait mourir, la maison ressemblait à une entreprise de pompes funèbres, et Gene n'en supportait plus l'ambiance bien longtemps. De plus, il avait perdu son boulot à l'huilerie ; mais la liste de ses ennuis ne s'arrêtait pas là, certes non : Rose plaqua John parce qu'il donnait tout son argent à Kitty et qu'il couchait avec elle les trois quarts du temps ; elle partit à Atlanta pour y faire le trottoir, juste au moment où il commençait à l'aimer un peu. Et, pour couronner le tout, Kitty lui refila une méchante syphilis. Mais il ne fut pas sa seule victime : John l'attrapa aussi, et un nommé Swint qui avait une épicerie en ville en fut si gravement atteint qu'il ne put marcher pendant plusieurs mois, de même que le voisin immédiat du Shérif. Quant à ce dernier, il fit une rechute de la vérole qu'il avait contractée dix à quinze ans plus tôt avec une octavonne dans la prison du comté.

Le Shérif avait essayé de convaincre Kitty de quitter la ville en lui offrant de l'argent, mais elle ne voulait pas s'éloigner d'un pouce pour moins de dix mille dollars, et, bien sûr, il lui dit qu'elle pouvait aller au diable et qu'il ne lui donnerait pas un cent. À présent, elle était connue dans tout le pays, et Jim avait tellement honte de se laisser faire par Kitty qu'il n'avait plus mis les pieds en ville depuis trois bonnes semaines. Avant de partir, Rose lui avait raconté comment elle avait vu un homme dans une automobile racoler Kitty un soir. Ils étaient allés ensemble à l'alambic en bas de la rivière, et Kitty s'y était tellement soûlée au tafia qu'elle avait balancé tous ses vêtements dans l'eau et qu'elle était rentrée en ville à trois heures du matin sur une mule. D'après Rose, en arrivant sur la place du palais de justice, elle avait amené le mulet devant la prison du comté et elle avait demandé aux hommes qui étaient présents de l'arrêter, en l'accusant de l'avoir « mal violée ». Elle avait traîné autour de la prison, et, quand ils en avaient eu fini avec elle, elle était rentrée à pied, aussi nue que peut l'être une femme de mauvaise vie.

Quand le Shérif l'injuria pour s'être comportée comme une cinglée, elle lui jura que l'histoire était fausse du début à la fin ; mais les types qui lui avaient fait essayer les paillasses de la prison, eux, savaient la vérité.

Et puis, un soir, Jim le Shérif mourut subitement. Dès que Sook l'apprit, elle se précipita chez lui sans même prendre le temps de s'habiller complètement.

C'était la première fois qu'elle y revenait depuis le mariage du Shérif.

Bien avant d'atteindre le seuil de la maison, Sook hurlait déjà le nom de Kitty. Elle ne s'arrêta même pas pour jeter un coup d'œil au défunt. Kitty était couchée au premier étage ; voyant qu'elle ne répondait pas, Sook monta l'escalier quatre à quatre. Elle arracha Kitty à ses draps et la jeta à bas du lit. Personne n'était debout à cette heure-là, et, bien sûr, personne ne comprit ce qui se passait avant que Gene, réveillé par les glapissements de Kitty, ne se précipitât dans sa chambre. Le bruit éveilla également John.

Sook balançait des chaises et tout ce qui lui tombait sous la main ; Gene et John arrivèrent juste à temps pour la voir fracasser une chaise sur la figure de Kitty. Le coup fut si violent que la plupart de ses dents se cassèrent net au ras des gencives. Kitty hurla, et se rua vers la valise où elle gardait son pistolet ; mais Sook était trop rapide pour elle, et elle l'assomma avec le tiroir de la coiffeuse. Gene et John l'arrachèrent à sa victime pour l'empêcher de l'achever. La veuve du Shérif, inerte, gisait dans un coin contre la coiffeuse renversée. Du sang coulait à flots de ses oreilles et de son nez.

« Lâche-moi ! cria Sook à Gene quand Kitty se mit sur le dos. Lâche-moi ! Lâche-moi ! J'vais lui faire sauter la cervelle, à cette chienne. Lâche-moi ! J'vais la tuer, cette saloperie de fille de pute. Je l'jure devant Dieu ! »

Lui maintenant les bras derrière le dos, Gene et John traînèrent Sook dans le couloir. Pendant tout le chemin, elle se débattit en leur donnant des coups de pied et en les griffant.

« Saloperie de fille de pute ! J'vais la buter, Dieu m'en est témoin ! Cette garce qui s'amène et qui tue le Shérif avec sa foutue connerie. Et moi qui l'ai laissée faire ! Je croyais qu'elle serait gentille avec lui pendant qu'il était encore en vie, et regardez ce qu'elle a fait ! À peine elle était arrivée en ville qu'elle allait déjà dans le bois avec tout ce qui porte un pantalon. Je savais bien qu'elle en voulait à son argent, mais je croyais qu'elle le traiterait bien tant qu'il serait en vie. Et maintenant, regardez-la cette saloperie de pute ! »

John trouva de la cocaïne et bientôt Sook se calma un peu. Plus tard, après en avoir pris deux ou trois doses, elle ne voulut plus laisser toucher le Shérif par quelqu'un d'autre. Elle renvoya même l'employé des pompes funèbres quand ce fut l'heure de la toilette mortuaire. Elle rasa le Shérif, le lava, lui enfila ses habits du dimanche et le mit elle-même dans le cercueil. Elle ne toléra même pas que quelqu'un reste dans la chambre pendant ce temps, et le croque-mort et ses aides, assis sur le perron, attendaient, pour le cas où elle ne finirait pas la besogne. Mais, quand elle sortit pour les inviter à inspecter le corps, ils furent bien obligés d'admettre que tout était fait à la perfection. À part l'embaumement, Sook fit elle-même tous les préparatifs de l'enterrement.

Ce jour-là et le jour suivant, Kitty resta au lit. Elle se leva l'après-midi des funérailles, mais Sook fit le serment de la tuer si elle osait seulement mettre le pied au cimetière. Kitty se mit en colère, mais elle ne pouvait rien y faire : dans tout le pays, on savait Sook femme de parole.

Il y eut des centaines d'amis du Shérif à son enterrement. C'était un des notables du comté ; et hommes, femmes, enfants, tous vinrent dire un dernier adieu à l'ami et au shérif. En ville, la plupart des commerçants fermèrent boutique toute la journée. Le pasteur que l'on avait pressenti pour prononcer l'oraison funèbre était un jeune homme et c'était son premier enterrement. Tout s'était cependant bien passé, quand le prédicateur oublia la prière qu'il avait apprise. Sook, depuis le début, pleurait très fort près du cercueil, et le pasteur l'avait prise pour la veuve du Shérif ; aussi, lorsqu'il dut improviser, il lui dit sur un ton de consolation :

« Mon Dieu, aide cette noble et fidèle épouse à trouver le réconfort dans son épreuve… »

Avant qu'il ait pu aller plus loin, Sook bondit, croyant que Kitty était là et que le prêtre s'adressait à elle. Lançant des regards fous par-dessus les têtes baissées des membres de l'assistance, elle se mit à tirer dans toutes les directions avec son calibre 38, en glapissant le nom de Kitty.

Quand les balles commencèrent à siffler au-dessus de leurs têtes, les fidèles coururent se mettre à l'abri derrière la chapelle, à l'autre bout du cimetière. Dans l'affolement, le pasteur laissa tomber son rituel dans la tombe ouverte ; quand Sook eut été calmée par une dose de cocaïne, et que tout le monde eut repris sa place, le fossoyeur dut descendre dans la tombe béante pour récupérer le livre du pasteur afin que le service funèbre puisse être mené à son terme.

Quand Gene et John revinrent à la maison après la cérémonie, ils découvrirent que Kitty avait fait ses valises et quitté la ville. Elle avait eu tellement hâte de partir qu'elle n'avait même pas pris le temps d'emporter toutes ses affaires, et, quand Gene inspecta sa chambre cet après-midi-là, il y trouva un certain nombre de vêtements et de choses qu'elle avait abandonnés.

11

Le matin du lundi qui suivit l'enterrement du Shérif, Gene accompagna John à la scierie de Dirty Gut Creek. John avait promis de le payer vingt dollars par semaine, et, comme ses finances avaient baissé, il décida que deux ou trois semaines de travail ne lui feraient pas de mal. Il continuait à vivre avec John, et ils avaient trouvé une négresse pour faire le ménage et la cuisine.

En bas, à la scierie, le soleil était si chaud qu'il vous cuisait et que votre corps se couvrait de cloques. Ceux qui avaient la peau claire ne pouvaient travailler à l'extérieur sans porter de gants à manchettes et un chapeau à large bord pour se protéger le cou.

Le fond de la cuvette où se trouvait la scierie était un four où se concentraient les rayons du soleil. Si vous aviez un trou dans votre chemise, la partie exposée de votre peau gonflait et était mise à vif. Le sol était de terre cuite. Du matin au soir, l'air chaud vous brûlait les poumons, vous desséchait la gorge. Si vous ne gardiez pas la bouche fermée, votre langue racornie devenait dure comme un vieil os et vos dents vous cautérisaient les muqueuses comme autant de cailloux ardents. Il n'y avait pas beaucoup de travail pour Gene à la scierie, car les nègres se chargeaient presque de tout. John lui dit qu'il pouvait gerber du bois de charpente s'il en avait envie, et Gene sortit se battre avec les bastaings de pin encore vert. Moins d'une heure après, il était de retour sous le hangar, à l'abri.

« Qu'est-ce qui se passe ? demanda John en riant. Les planches sont trop lourdes ?

— Tu parles ! C'est cette vacherie de soleil ! J'ai la tête qui bout. Bon Dieu ! Donne-moi du travail à faire à l'ombre !

— Quoi ? Mais y fait pas encore chaud ! dit John, redevenu sérieux, en se redressant dans la sciure. On est en pleine période fraîche en ce moment ! Quand y fait chaud pour de bon, tu sues du sel plein ta chemise et plein ton pantalon, et, à ce moment-là, les négros que tu vois là-bas mouillent le sol comme si y tombait une averse. »

Gene tituba vers le hangar au toit d'ardoises brutes et se laissa choir mollement dans la sciure. La chaleur le rendait malade, ses yeux étaient injectés de sang et il avait un large cercle blanc autour de la bouche. Il resta couché là quelque temps, puis il se retourna et, à quatre pattes, rampa vers un seau d'eau dans lequel il trempa la tête jusqu'à ce qu'il eût repris ses esprits.

« T'affole pas, lui conseilla John, tu t'y feras petit à petit. »

Gene enleva sa chemise et s'étendit dans la sciure de tout son long. La chaleur traversait le toit du hangar et l'air était brûlant. Il tenta de se lever pour aller se mettre à l'ombre sous un arbre, mais ses jambes étaient sans force et il retomba par terre.

« Eh, là-bas, salauds de nègres ! cria John en se soulevant sur les coudes, où vous vous croyez pour bouffer pendant les heures de boulot ? Balancez-moi ce putain de melon et remettez-vous au turbin avant que je descende la moitié d'entre vous ! »

Tous les nègres laissèrent tomber leur melon d'eau et retournèrent au travail. Tous, sauf un, qui planta ses doigts dans le melon frais avant de grimper sur le carter de la scie.

« Fiche ça par terre, espèce de… »

D'une main, le scieur noir s'enfourna le melon dans la bouche et, de l'autre, il tira sur le levier de la courroie qui entraînait la scie.

John traversa le hangar en courant et s'empara d'une épaisse planche de pin vert et noueux qui traînait sur le sol près de la scie à équarrir et en donna un grand coup sur la tête du nègre. Le bois vola en morceaux.

« Au diable, toi et ton âme noire ! T'as pas entendu ce que j't'ai dit ? »

Le Noir lui répondit d'un regard suppliant, mais ses lèvres ne bougeaient pas. John ramassa le bout de planche et le frappa au visage. L'homme ne criait toujours pas. Alors John passa le bras par-dessus la courroie et le fit descendre. Le nègre n'offrit aucune résistance.

« Hé, Gene, fous-le par terre, lui dit John, et garde-le là jusqu'à ce que j'aie trouvé ce qu'y me faut. »

Gene n'avait pas la force de se lever. Il se mit à ramper vers John.

« Magne-toi, Gene, lui demanda John. J'ai pas une journée à perdre sur ce nègre. »

Gene tituba vers les deux hommes. Sa tête était en feu.

Les autres Noirs au fond de la cuvette se sauvaient vers la rivière. Ils ne reviendraient plus.

John envoya l'homme au sol.

« J'l'ai assommé d'un coup de poing, ce salaud ! cria-t-il à Gene. S'il bouge avant que je revienne, cogne-le de nouveau. »

Il partit en courant vers la cabane à outils. Gene s'approcha en chancelant ; l'homme était couché sous la scie. Il était couvert de sang frais ; il y en avait sur le toit au-dessus de lui, et par terre une mare rouge grandissait dans la sciure.

John arriva en courant, une barre à mine de dix livres à la main.

« Qu'est-ce que c'est que cette merde ? s'exclama-t-il.

— Bon Dieu, John ! Il était comme ça quand je suis arrivé.

— J'crois qu'il s'est levé et qu'il est tombé contre la scie », dit John, réfléchissant à voix haute. Il cracha un jus de chique jaunâtre et ajouta : « J'l'aurais bousillé de toute façon, alors qu'est-ce que ça peut foutre qu'y crève comme ça ou autrement ? »

Gene se sentait mieux, l'excitation lui avait fait reprendre ses sens, et il avait maintenant les idées plus claires.

« De toute façon, j'vais m'assurer qu'il est bien mort, lui dit John en frappant la tête du nègre deux ou trois fois à coups de barre à mine.

— Je f'rais mieux de chercher un docteur ? demanda Gene.

— Un docteur ? répéta John en donnant des coups de pied dans la tête du Noir. Merde ! Il est pas encore mort ? »

Gene retourna le corps, mais la partie inférieure ne tourna pas avec le tronc et la tête.

« Donne-lui à boire, ordonna John, soudain pris de compassion. Y remue les lèvres comme si y voulait boire un coup. »

Gene fit couler une louche d'eau dans la bouche du nègre. Il y eut un gargouillement, et le liquide descendit dans la gorge de l'homme avant de se répandre en glougloutant sur le sol, s'échappant de la masse des intestins à l'endroit où le ventre avait été sectionné par la scie.

« Ça y fait aucun bien de boire, remarqua John en regardant Gene. Tout fout le camp par terre.

— Quand même, c'est marrant, hein ? commenta Gene en versant une autre louche dans la gorge. On aurait pas cru que la flotte sortirait comme ça ! Enfin, j'lui ai quand même mouillé le sifflet, hein ?

— Prends ça, lui dit John en lui tendant une allumette. Tiens-lui la bouche ouverte avec ça et verses-en encore, ça me plaît de voir ça. »

Louche après louche, Gene versa l'eau qui restait. Le nègre était mort.

« Ouais, mon gars ! dit John en pinçant les lèvres, c'est le truc le plus marrant que j'aie jamais vu. En tout cas, ça y a pas réussi de boire un coup, ça c'est sûr !

— Je gaspillerais pas de la bonne gnôle pour lui, plaisanta Gene. Et toi non plus, hein, John ?

— Attrape-lui les pieds, Gene, et finissons le boulot que Dieu a laissé », proposa John.

Ils portèrent le corps jusqu'à la scie à débiter et le laissèrent descendre sur la lame jusqu'à ce que le tronc tombe par terre, totalement sectionné.

« C'est plus pratique en deux petits bouts qu'en un grand, pas vrai, Gene ?

— Sûr que t'as raison.

— Tiens, ordonna John en sortant un bidon d'huile, envoie-toi une giclée de ce truc sur tes mains et sur ton froc. »

Ils enduisirent de lubrifiant leurs vêtements et leurs mains tachés de sang.

« On ferait mieux de se tirer, hein ? suggéra Gene.

— Se barrer ? demanda John d'une voix étonnée. Merde, ça sert à rien de se barrer. Personne te fera de remarque par ici. Tu parles ! L'an dernier, j'ai fait asseoir un de ces putains de négros sur le chariot de la scie, ça l'a fendu en deux en cinq sec, comme le Noir d'aujourd'hui, sauf que cette fois-là c'était dans l'sens de la longueur, et pas l'contraire ! C'est idiot de se tirer : les négros, de temps en temps, y s'en découpe un en rondelles dans le coin, et personne trouve rien à y redire. T'as qu'à tenir ta langue et à enlever les taches de sang, c'est tout ce qu'il y a à faire.

— C'est toi le patron !

— Bon, je crois que maintenant y va falloir se débarrasser de ce macchabée, dit John en se grattant la tête. Tiens, va atteler c'te vieille mule blanche à la carriole. Tu vas ramener les deux petits morceaux du nègre à sa bonne femme. »

Gene attela la mule tandis que John traînait le corps jusqu'au chemin pavé de rondins. Quand tout fut prêt, John jeta le haut du corps à l'avant et le reste à l'arrière.

« Maintenant, Gene, va jusque là-bas, et fiche les morceaux par-dessus bord près de la cabane. Et aide personne à transporter quoi que ce soit où que ce soit, tu vois ce que je veux dire ? Merde, c'est qu'un putain de négro, un moricaud qui vaut pas un clou ! »

Gene aiguillonna la mule avec un bout de bois et descendit le chemin en direction de la clairière. La tête du nègre était tordue et coincée contre le garde-boue de la charrette ; l'allumette que John avait placée entre les dents du Noir était toujours en place.

Gene laissa pendre ses pieds à l'extérieur pour ne pas se mettre de sang sur les chaussures. Les jambes du nègre ballottaient derrière la carriole, traînant dans la poussière. Il lui manquait une chaussure.

12

Un soir après le dîner, alors qu'il allait faire un tour à la salle de billard, Gene se rappela soudain la femme du veilleur de nuit. Kitty et Rose avaient si longtemps occupé ses pensées qu'il n'avait plus songé à revenir à l'huilerie vers minuit pour la revoir. Mais il serait bientôt fixé, se disait-il en traversant la voie ferrée tandis qu'il courait vers l'usine, il prendrait son dû par la même occasion. Cela faisait si longtemps qu'il attendait. Froggy serait sûrement là.

Quand il arriva dans la cour de l'usine, il entendit le bourdonnement des machines et le bruit de la vapeur qui s'échappait de la salle des chaudières. Il aurait voulu pouvoir y travailler de nouveau. Pour pouvoir y passer toutes les nuits avec Froggy et avec les autres, il aurait même accepté de reprendre sa fourche. L'usine avait été son premier foyer quand il était arrivé à Lewisville et, à présent, les lumières jaunâtres derrière les fenêtres poussiéreuses, les claquements et les craquements, tout cela lui donnait envie de revenir. Assis sur une traverse de chemin de fer derrière le hangar à grains, il écouta le fouettement des courroies et les gémissements des tapis roulants pendant près d'une heure avant de partir à la recherche du veilleur de nuit.

Froggy fut heureux de le voir. Il bondit de la chaise sur laquelle il s'était assoupi et lui donna une grande claque enthousiaste dans le dos.

« T'es justement le mec que je cherche depuis plus d'un mois. Où t'étais pendant tout ce temps, mon p'tit gars ? Je commençais à croire que t'avais quitté la ville.

— Ah bon ? dit Gene en riant.

— Où c'est que tu travailles, p'tit gars ?

— Je m'suis fait embaucher dans une scierie.

— Ah ouais ? Merde tu m'as manqué. Pourquoi que tu reviens pas rempiler ?

— Je crois pas que je peux. Je vais pas tarder à me tirer.

— Non, c'est pas vrai !

— Si.

— Eh ben, mon p'tit gars, y a quelque chose que je veux te dire : j'ai une affaire à te proposer, et j'ai pensé qu'elle pourrait t'intéresser. Y s'agit de quelque chose entre nous, tu vois ce que je veux dire. Y a sûrement moyen de se mettre d'accord d'une façon ou d'une autre. J'en parlais avec ma femme l'autre jour…

— Je suppose que tu veux faire du trafic de gnôle », l'interrompit Gene, plus intéressé par la mention de la femme de Fuller que par n'importe quelle affaire.

« Du trafic de gnôle ? Non ! Non ! protesta Froggy. Y s'agit pas de ça. C'est quelque chose d'autre. Non, ça, c'est le genre de truc dont je me mêle pas, je préférerais trimer ici toute ma vie et rester pauvre plutôt que de devoir moisir dans une putain de taule les trois quarts du temps.

— Bon, vas-y, accouche, j't'écoute », dit Gene, impatient.

Le veilleur lui fit signe de sortir. Ils suivirent le hangar jusqu'à l'abri de la pompe, et Froggy prit le couloir d'aération, faiblement éclairé par les fenêtres de l'usine. Ils s'assirent sur le banc contre le mur. Pendant un certain temps, personne ne parla ; Gene attendait que Froggy lui explique sa proposition.

« Ouais, mon p'tit gars, commença Froggy. Pour une raison ou pour une autre, j't'ai trouvé sympa depuis le début. La première fois que j't'ai vu manier ta fourche dans la cuve d'alimentation, tu m'as fait bonne impression. Je m'suis dit comme ça : "Tiens ? Ça c'est un chouette p'tit jeune. J'parie qu'il se croit pas malin comme la plupart des jeunots de maintenant à qui on peut plus rien dire." Ouais, mon p'tit gars, depuis le premier jour où j't'ai vu bosser avec ta fourche dans la cuve j't'ai trouvé sympa…

— Arrête tes salades ! grommela Gene. Alors, cette proposition confidentielle que tu voulais me faire tout à l'heure, c'est quoi ?

— T'emballe pas, mon p'tit gars, attends une minute, j'allais y venir. Bon, comme je te le disais, j't'ai eu à la bonne dès que j't'ai vu bosser dans la cuve pour la première fois. Voilà, ça fait à peu près un an que j'cherche un p'tit jeune comme toi. Et alors, dès que j't'ai vu dans ta cuve en train de charrier les graines, je m'suis dit comme ça que t'étais celui qu'il me fallait, mais avant que j'aie eu le temps de t'en parler t'avais disparu et t'étais parti Dieu sait où.

— Y m'ont foutu à la porte comme un malpropre quand j'suis resté absent trop longtemps. C'est pour ça que j'étais pas là.

— Ah ! C'est ça ? Merde, alors ! Bon, où j'en étais ? Ah, ouais ! Faut qu'on soit bien d'accord ; tu vois, mon gars, j'veux te faire une proposition, et ma proposition la voici : j'te filerai cent dollars en liquide si tu fais ce que je veux que tu fasses et si tu quittes la ville pour de bon et par le premier train…

— Et qu'est-ce qu'y faut faire pour cent sacs ? demanda Gene, soupçonneux.

— C'est ça tout le problème, répondit mystérieusement Froggy. Toute l'affaire est là. Ce que tu dois faire te prendra pas longtemps, et pis, quand t'auras fini, t'auras qu'à prendre ton pognon et à sauter dans le dur. Tu piges ?

— Piger quoi ? Merde, qu'est-ce que tu veux que je fasse ? Que j'descende un mec ?

— Mais non, mais non ! Rien de ce genre. C'est pas dangereux du tout, mon gars. Tu fais comme j'te dis, tu vois ? Et tu prends ton fric juste après que t'as…

— Après que j'ai quoi ?

— Juste après que t'as engrossé ma femme ! » laissa-t-il éclater au visage de Gene.

Gene le regarda, interloqué, les yeux encore plus exorbités que ceux de Froggy ; il sentit le sang qui lui montait à la tête, qui se mettait à déborder. Il avait de la sueur plein les yeux.

Le rythme des machines de l'usine s'accéléra follement, devint frénétique, déferla par les verrières en un bruit de tonnerre.

Des gouttes de sueur froide perlèrent subitement au front de Gene et y restèrent collées comme des billes de plomb. Froggy regarda Gene sans ciller. Le chuintement de la vapeur qui s'échappait des chaudières s'enfla, emplit l'air de vibrations qui le suffoquèrent.

« Qu'est-ce que t'en dis, p'tit gars ? »

Gene regarda Froggy et, d'un revers de main, essuya la sueur sur son front.

« Dieu tout-puissant ! On peut dire que tu m'as fait peur, exhala-t-il dans un soupir convulsif.

— Peur ? Comment j'ai pu t'faire peur ?

— Grand Dieu ! Je croyais que tu voulais que je liquide deux ou trois douzaines de mecs, ou quelque chose comme ça !

— Mais non, enfin ! Y s'agit pas d'un truc de ce genre. Alors, p'tit gars, qu'est-ce que t'en dis, de ma proposition ?

— Mon Dieu, j'sais pas quoi te répondre. Pourquoi tu veux me faire faire ça ?

— Ben mon gars, voilà ce qui s'passe : ma femme et moi, on veut un gosse ; seulement, moi, j'ai pas tout à fait eu le genre de vie qui faudrait pour qu'elle puisse avoir un môme de moi. Tu vois, ça fait quinze à vingt ans que je me traîne une vérole, et si je faisais un gosse, p't-être qu'y serait pas normal, tu vois, ou quelque chose de ce genre. P't-être que oui, p't-être que non, mais on peut pas savoir, et j'veux pas prendre de risques. Mais ce qu'on veut le plus, c'est un môme, alors j'ai pensé que tu pourrais prendre ma place, et j'te paierais, et tu pourrais quitter la ville. C'est la solution qu'on a trouvée, ma femme et moi, et c'est la seule que j'vois. Tu sais tenir ta langue et t'occuper de tes oignons, hein ?

— Ouais, bien sûr !

— Alors, qu'est-ce que t'en dis ?

— Merde ! Et ta femme, qu'est-ce qu'elle va en dire ?

— Tout est arrangé, p'tit gars ; elle et moi, on s'est mis d'accord sur tout.

— Mais comment tu sais qu'elle voudra bien de moi ?

— Tu parles ! Comme si c'était pas elle qui m'avait dit de t'en parler !

— C'est elle qui l'a voulu ?

— Pour sûr ! »

Gene alluma une cigarette et regarda Froggy à la lumière tremblotante de son allumette. Le veilleur de nuit était terriblement sérieux. Pendant un instant, Gene en fut peiné pour lui. Ses cheveux grisonnaient et, autour de son visage et de son cou, la peau distendue se plissait et pendait en poches flasques. Malgré le voile humide qui les enveloppait, les yeux, cependant, étincelaient.

Gene, à ce moment, éprouva de la sympathie pour lui.

On arrêta les plans. À neuf heures la nuit suivante, Gene devait se rendre chez Froggy, où Mme Fuller l'attendrait pour lui ouvrir la porte. Quant à Froggy, il serait à l'huilerie et, heure après heure, il ferait ses pointages.

« À neuf heures, alors », lui rappela le veilleur en lui serrant la main.

« À neuf heures », se répétait Gene en rentrant en ville, trébuchant sur les rails et les traverses du chemin de fer.

13

Neuf heures

Gene jeta un coup d'œil à sa montre et monta l'escalier quatre à quatre. Il était en avance, il n'était que huit heures trente-cinq. À travers la porte vitrée filtrait une lumière douce, tamisée par un abat-jour bleu et jaune sur lequel se découpaient en silhouettes des chevaliers en armure, chargeant lance en avant, en cercles sans fin. D'un geste mécanique, Gene resserra sa cravate. Il avait mis une chemise propre pour cette occasion.

Elle lui sourit quand elle lui ouvrit la porte pour le laisser entrer. Elle portait une robe de velours noir de coupe stricte, et ses hanches, entre le corsage et la jupe évasée, étaient ceintes d'une ceinture rouge dont les extrémités nouées lui battaient les genoux. Sur ses seins, deux oiseaux écarlates gobaient des cerises.

« C'est une chance… », souffla Gene d'une voix rauque. De nouveau, elle sourit. Gene claqua la porte derrière lui et la suivit dans l'entrée puis dans le salon.

« Bon Dieu ! C'est une chance… »

Une fois encore, les lèvres de la femme dessinèrent le même sourire, la même petite moue agréable. Gene contemplait avidement son corps souple, ses seins frémissants. Il allait être insatiable.

« Est-ce que... » Elle parlait pour la première fois. « Est-ce que vous allez partir demain ?

— Moi ? demanda Gene d'un ton moqueur. Certainement pas ! Qui vous a raconté ce conte de fées ?

— Qu'est-ce que c'est ?

— Qu'est-ce que c'est que quoi ?

— Un conte de fées ?

— Oh ! J'en sais rien.

— Des histoires d'alcôves ?

— Dites-moi, connaissiez-vous Kitty ?

— Quelle Kitty ?

— Kitty ! Kitty, la femme de Jim le Shérif.

— Oh, cette créature !

— Qu'est-ce qu'il y a ?

— Oh, rien !

— Vous la connaissiez ?

— Bien sûr que je la connaissais, cette...

— Cette quoi ?

— Dites, pourquoi vous voulez savoir tout ça ?

— Oh, pour rien ! Je pensais que vous la connaissiez peut-être.

— Qu'est-ce qu'elle est pour vous ?

— Maintenant, rien.

— Mais avant, elle était quelque chose, hein ?

— Pas grand-chose. Kitty, c'était rien qu'une salope.

— Comme la plupart des femmes, pas vrai ?

— Kitty, c'était qu'une sale pute.

— Il n'y a que deux sortes de femmes : celles qui sont propres et les salopes.

— Moi, j'les aime propres.

— Non, y a pas beaucoup de différence.

— C'est vrai, y a pas beaucoup de différence.

— Si elles sont propres, elles d'viennent des salopes, et si elles sont des salopes, elles le restent !

— C'est vrai.

— Froggy aussi dit qu'c'est vrai.

— Il est à l'usine ?

— Sûr que oui, pourquoi ?

— Juste pour savoir.

— Quelle différence ça fait qu'y soit là ou ailleurs ? Vous aurez votre argent, non ?

— Non !

— Pourquoi ?

— J'en veux plus.

— Vous allez pas le prendre ?

— Bon Dieu non ! C'est moi qui devrais payer !

— Tais-toi !

— Pourquoi que tu venais plus à l'huilerie ?

— J'étais pas en ville.

— Tu m'as fait attendre longtemps !

— Comment tu voulais que j'sache que tu m'attendais ?

— De toute façon, j'ai attendu longtemps.

— Moi aussi, je t'attendais.

— Tu m'attendais ?

— Bien sûr, j't'attends maintenant encore. »

Elle recroisa les jambes, lentement, ses jarretières rouges voltigeant au même rythme que les oiseaux rouges de son corsage.

La pendule sur la cheminée sonna dix heures. Elle décroisa les jambes.

« Je serai en haut. » Elle sourit, s'attardant sur le seuil du salon. « Éteins les lumières en sortant, s'il te plaît. »

Gene la suivit en tripotant le nœud de sa cravate. Elle l'attendait en haut de l'escalier.

« Pourquoi t'es pas venu plus tôt ? lui demanda-t-elle tandis qu'il montait.

— La prochaine fois, je le ferai.

— Tu t'en vas pas demain ?

— Si je m'en vais, ce sera les pieds devant.

— J'suis contente qu'il soit d'équipe de nuit, pas toi ?

— Pourquoi je serais pas content ?

— S'il travaillait le jour, il serait ici en ce moment.

— La nuit, c'est le meilleur moment pour travailler.

— Tire les rideaux. »

Il obéit puis remonta sa montre. Il la posa sur la table au pied du lit…

Il était presque onze heures à présent.

Soudain, la porte s'ouvrit avec fracas et quelqu'un alluma la lumière. C'était Froggy. Ébloui par la violence de l'éclairage, il clignait ses yeux protubérants comme ceux d'un lapin. Ses lèvres minces se tordaient et barraient son visage d'un rictus.

« Dieu tout-puissant ! dit Gene en inspirant convulsivement.

— Arrêtez ça ! »

Mme Fuller voila hâtivement sa nudité avec le couvre-lit.

« Dehors ! Allez, dehors ! J'ai changé d'avis. Fous le camp ! »

Gene attrapa son pantalon, trouva son automatique et s'avança vers Froggy. Mme Fuller se cacha la tête sous les draps.

Gene appuya le pistolet sur la poitrine de l'homme et fit feu par trois fois. Trois dragées suffiraient à lui régler son compte. Les détonations furent assourdies par la chair.

Gene traîna le corps sur le palier et, d'un coup de talon, le fit rouler au bas de l'escalier. Il rebondit de marche en marche, et finit par buter contre le portemanteau de l'entrée, qui s'écrasa par terre. Gene retourna sur ses pas, éteignit la lumière et ferma la porte.

« Qu'est-ce qui s'est passé ? demanda-t-elle.

— J'l'ai balancé en bas à coups de pied. J'y creuserai un trou demain matin. Qu'est-ce que tu penses de l'enterrer sous les escaliers de la cour ?

— Oh !

— Mais aussi, pourquoi qu'il a voulu se pointer ici ? Il aurait dû être assez malin pour pas essayer de me jouer un tour de con comme celui-là. Merde, faut pas s'amuser à ce p'tit jeu avec moi.

— Oh ! » gémit-elle.

14

De nouveau, Gene ne tenait plus en place ; il regrettait le bon vieux temps, l'époque où pour vivre il arnaquait au billard. Bien sûr, il gagnait quelques dollars à Lewisville, mais il ne circulait pas assez de liquide : s'il ratissait un type, il lui fallait quelquefois attendre deux bonnes semaines avant que de l'argent frais ne réapparaisse en ville. Pour lui, ce serait bientôt Detroit, Chicago ou Pittsburgh. Il faisait trop chaud à Lewisville. De sept heures du matin à six ou sept heures du soir, le soleil cuisait et desséchait les dunes, et les nuits n'étaient guère plus fraîches.

Il évoqua son départ avec John.

« Bon, John, j'vais pas tarder à me tirer, tu f'rais mieux de venir voir du pays avec moi.

— J'aimerais bien pouvoir, Gene, répondit John, désespéré, mais j'crois qu'y faut que j'm'occupe encore un peu de la scierie. Et pis, p't-être que Flo va revenir un jour.

— Flo ?

— Oui, Flo. Tu la connais pas, elle est partie avant que t'arrives.

— Bon Dieu ! Viens avec moi, et j't'en montrerai, moi, des poules qu'ont le feu à la cave, des qui savent s'y prendre comme y faut ! Tu parles, j'parie qu'à côté d'elles Flo ferait pas le poids ; celles-là, elles savent y faire.

— Flo était une vache de chouette gamine », dit John, rêveur. L'œil vague, il regardait le mur sans le voir. « Flo, c'était peut-être la plus chouette gosse que j'aie connue. C'était pas une grosse pétoire comme Kitty ou comme Rose, qui font plein de bruit et plein de fumée – bon Dieu non ! Flo, c'était la plus chouette gosse que j'aie vue. Merde ! Pour sûr que j'voudrais qu'elle revienne. Oui, cette saloperie de Kitty a bien semé le bordel dans le coin, hein ?

— Tu parles, elle avait la détente trop facile, le coup partait tout seul. Merde, si elle s'était tenue un peu peinarde au lieu de mettre sa pagaille partout, tout se serait passé au poil.

— Rose aussi, elle était à la coule. Et si y avait pas eu Kitty, elle se serait pas barrée.

— C'est vrai… Dis, j'vais pas tarder à me faire la malle ce coup-ci, John ; tu f'rais mieux de venir avec moi, on verrait du pays.

— Eh, au fait ! T'as entendu parler du vieux Morgan dans le coin, hein ?

— Le mec qu'a un magot à gauche ? Ouais, bien sûr, et alors ?

— Eh ben, l'autre jour, y me demandait des choses sur toi. Y voulait savoir d'où tu venais, et un tas d'autres trucs.

— Qu'est-ce que t'y as dit ?

— Tu parles ! Je savais pas quoi lui répondre, mais j'y ai demandé pourquoi y voulait savoir tout ça, et y m'a dit que tu ressemblais plus ou moins à son fils, celui qu'est parti on sait pas où.

— Merde ! Dis-lui de s'occuper de ses oignons. J'veux rien avoir à faire avec lui, sauf si y veut me refiler un peu de son oseille. Si y t'arrête de nouveau, dis-lui que je le prendrais, son fric, et vite encore ! Bon Dieu ! tu parles que ça me plairait de lui en piquer un peu, mais j'crois pas que l'occasion se présentera, qu'est-ce que t'en dis ? Ça me plairait d'en faire tinter une tonne dans mes poches, toutes les gonzesses de Chicago penseraient plus qu'à m'enlever mon froc !

— J'ai quand même l'impression que, le vieux, y sait s'y prendre pour garder son flouze, dit John, rêveur.

— Merde ! John, pourquoi t'y fous pas le feu à c'te saloperie de scierie que t'as près de la rivière ? On y ferait griller des cacahouètes tellement qu'il y fait chaud ! Pourquoi tu te tires pas avec moi ? Merde alors ! Y a des tas de combines qu'on pourrait monter quelque part tous les deux.

— J'crois que j'vais encore rester un peu dans l'coin. Flo pourrait revenir un de ces jours, et j'voudrais être là au cas où elle le f'rait. Flo, c'était une chouette p'tite gosse. J'voudrais bien qu'elle se soit pas barrée, qu'elle ait pas tout plaqué comme ça. Elle me manque maintenant, comme qui dirait.

— J'te dis que j'te trouverai autant de culs que tu pourras en usiner, John ! Je sais comment y faut s'y prendre, j'ai qu'à siffler et elles se mettent à genoux d'vant moi.

— J'ai eu assez de culs pour un bout de temps. Cette salope de Kitty, elle m'a complètement pompé.

— Ouais, c'te putain de Kitty…

— Rose, elle était au poil !

— Rose, elle aurait été au poil si c'te garce de Kitty s'était pas amenée.

— Mais cette traînée d'Kitty ! J'espère qu'elle est en train d'brûler à c't'heure !

— Et que sa fumée pue !

— Kitty, elle était pas propre.

— On peut pas en trouver de plus dégueulasse qu'elle.

— Au contraire, Flo, c'était une p'tite jeune bien propre.

— Mais cette chienne de Kitty, elle était cradingue.

— Quelle ordure, celle-là ! »

15

Le samedi soir, alors qu'il rentrait chez lui après avoir joué au billard, Gene vit une fille qui traînait devant le bâtiment du collège. Elle marchait lentement devant lui, et, lorsqu'elle ne fut plus qu'à quelques mètres, elle se retourna. Il ne pouvait pas voir son visage à cause de l'ombre des arbres, mais il savait qu'elle était jeune, car sa silhouette était fine et leste. Il était rare qu'une femme vous approche de la sorte à Lewisville, surtout depuis le départ de Kitty. Elle lui barra le chemin et lui toucha furtivement le bras.

« Bonjour ! chuchota-t-elle doucement.

— Bonjour ! répondit-il machinalement.

— Vous n'êtes pas Bill Russel ? demanda-t-elle d'un air timide.

— Je m'appelle Gene.

— Oh ! Je pensais que vous étiez Bill Russel. Excusez-moi.

— Vous l'cherchiez ?

— Pas vraiment, je me promenais, tout simplement.

— Où vous allez maintenant ?

— Je rentre chez moi, je suppose.

— Et où vous habitez ?

— Là-bas, dans Maple Street.

— Ça vous embête si je fais un bout de chemin avec vous ?

— Non, pas le moins du monde, répondit-elle sur un ton qui était une invitation. Mais prenons par là. »

Ils firent demi-tour et passèrent derrière le collège. Elle avait glissé son bras sous celui de Gene et, à présent, elle était contre lui. Gene la prit par la taille. Elle se dégagea aussitôt. Ils étaient maintenant arrivés au terrain vague derrière l'école, et les réverbères les plus proches étaient à une rue de là ; il lui aurait été facile de la mettre par terre.

« Écoute un peu, petite, lui dit-il à brûle-pourpoint. J'vois clair dans ton jeu, et j'sais ce que tu cherches, mais t'es sacrément trop bien pour ça. Alors, pourquoi tu le fais ?

— Faire quoi ? Je ne sais pas ce que vous voulez dire ! Je vous en prie, lâchez-moi et laissez-moi rentrer à la maison. »

Grossièrement, Gene lui rit au nez. La fille commença à pleurer doucement. Tout à coup, elle se dégagea d'une secousse et se mit à courir dans la rue. En une enjambée, Gene l'attrapa par le bras et la ramena à lui. Ils restèrent là, debout au milieu du terrain vague, dans l'herbe jusqu'aux genoux.

« S'il vous plaît, arrêtez de me tenir.

— Comment tu t'appelles, petite ? lui demanda-t-il sur un ton d'agent de police interrogeant un enfant qui aurait fait une fugue.

— Il n'est pas dans mes habitudes de donner mon nom à des inconnus.

— C'est quoi, ton nom ?

— Myra, répondit-elle entre deux sanglots, Myra Morgan.

— T'es quand même pas la fille du vieux Morgan ?

— Si ! (Elle hocha la tête en tremblant.)

— Bon Dieu ! Et qu'est-ce que tu fous dans la rue ? »

Elle eut une crise de larmes, puis lui répondit qu'elle n'en savait rien.

« Ça fait combien de temps que tu tapines ?

— Qu'est-ce que ça veut dire ?

— Depuis combien de temps est-ce que tu traînes comme ça le soir dans les rues ?

— Depuis ce soir seulement.

— Combien d'hommes t'as racolés ?

— Aucun. C'était vous le premier.

— Alors, t'as commencé ce soir ?

— Oui, si c'est de ça que vous voulez parler.

— Si c'est de ça que je veux parler ?

— Si c'est à ça que vous pensez, c'est ce soir que j'ai commencé à… Oh, je ne sais plus ce que je dis !

— Et tu ne sais plus ce que tu fais. T'as besoin d'un bon coup de pied dans le… Hein, c'est une bonne fessée qui te faudrait !

— Je ne sais pas… Je ne sais rien… J'ai failli devenir folle… Je veux me tuer.

— Qu'est-ce qui ne va pas ?

— Oh, je ne peux pas vous le dire ! »

Gene l'entraîna vers le bord du trottoir. Il étala un de ses mouchoirs sales sur les briques et la fit asseoir près de lui.

« Et si j'te prenais ?

— Vous ne feriez pas ça, dites ? »

Gene lui tordit le bras. Cela la fit souffrir. Elle leva les yeux vers lui; il vit son visage, et regretta de lui avoir fait mal.

C'était une fille bien, le genre de petite qu'il pouvait aimer, pas blesser. Gene l'attira plus près de lui.

La chair de ses bras et de ses épaules était tendre, incroyablement tendre. Les femmes qu'il avait connues jusque-là étaient presque aussi musclées que des hommes.

Myra était féminine...

Elle le regarda droit dans les yeux. Il tomba à genoux dans le caniveau et la prit dans ses bras, furieusement, mais pourtant avec autant de tendresse que s'il se fut agi d'un petit enfant.

À présent, elle faisait partie de lui-même. Elle était faite pour se pendre à son cou, comme les bras sont faits pour pendre aux épaules. Sans elle, son corps eût été désormais incomplet, et il se fût plus facilement passé de l'usage de ses membres que de la présence de Myra dans sa vie. Contre sa joue, son souffle était parfumé.

La tenant étroitement enlacée, il chercha dans ses poches avec sa main gauche ; il brûlait d'envie de lui faire un cadeau, de lui offrir un crayon, un couteau, une bague, n'importe... mais il n'y avait rien dans ses poches. Tant bien que mal, il enleva sa cravate et la lui tendit. Elle comprit, et, la pliant soigneusement, elle la fit disparaître dans l'échancrure de son corsage, sans le quitter des yeux. Ils s'embrassèrent.

Ivre de ses lèvres, il flottait dans une torpeur opiacée qui approfondissait leur communion. Myra s'abandonna, s'enfuit dans ses bras avec passion. Gene sut qu'il l'aimait.

« On ne devrait pas rester là, quelqu'un peut nous voir.

— Écoute, dit-il sur un ton menaçant, si quelqu'un vient rôder par ici, j'y ferai ce qu'y faudra pour qu'il aille rien raconter. »

Il lui montra son automatique.

Effrayée, Myra eut un mouvement de recul.

« T'en fais pas, petite, personne va venir à cette heure de la nuit. »

De nouveau heureuse, elle se laissa aller dans ses bras.

« Bon Dieu ! T'es la première fille dont j'sois amoureux ; pourtant, dans ma vie, des femmes j'en ai fréquenté des tas. »

Elle se blottit encore davantage contre lui.

« Dis, petite, pourquoi t'as commencé à tapiner ?

— Quoi ? Je ne sais pas ce que tu veux dire.

— Qu'est-ce qui t'a fait commencer à draguer les hommes ?

— Oh ! (Elle se remit à pleurer.)

— Allez, petite ! J'voulais pas te faire de la peine. Mais, bon Dieu ! pourquoi tu faisais le trottoir ? T'es trop bien pour ça.

— Je ne peux pas te le dire.

— Pourquoi pas ? Vas-y, dis-le-moi.

— Je ne peux pas parler de ça avec toi, je ne te connais pas assez bien.

— T'as essayé de me racoler y a pas longtemps.

— Oh !

— Allez, dis-moi, petite.

— J'étais obligée de le faire.

— Pourquoi t'étais obligée ?

— J'étais fiancée, et nous devions nous marier bientôt, et puis il est parti.

— Et t'as décidé de plonger ?

— Quoi ?

— T'as décidé de tapiner pour pouvoir vivre ?

— Non, non, tu ne comprends pas ! C'est pas ça !

— Pauvre petite ! » lui murmura Gene, consolant.

Myra s'accrochait désespérément à lui.

« Écoute-moi, petite, commença-t-il d'une voix brisée par l'émotion, j'suis qu'un pauvre type, j'ai pas de famille et j'ai pas de pognon, mais je jure devant Dieu que je veux t'épouser. J'sais pas comment l'autre te traitait, mais j'te jure sur la mère du Christ que si tu me dis comme il était gentil, je l'serai un million de fois plus ! Cette nuit, on va quitter la ville en taxi et on se mariera dès qu'on trouvera un bureau d'état civil ouvert.

« J'suis fou de toi, petite, et j'me crèverai au travail pour toi, pour que tu sois traitée comme une reine. J'ai pas l'habitude de ces trucs de riches, mais je t'jure sur le Dieu tout-puissant que j'te ferai la vie de château. Bon Dieu, petite ! J'aurais jamais cru que j'en pincerais comme ça pour une femme, mais Dieu sait que j't'ai dans la peau. Viens, on va se tirer de la ville en taxi pas plus tard que tout de suite, et on ira signer le registre dès que la mairie sera ouverte. »

Il craqua une allumette et la tint près du visage de Myra.

« Bon Dieu, petite ! T'es vraiment chouette ! Je savais bien que t'étais belle quand t'étais dans le noir, mais j'aurais pas cru que t'étais aussi chouette que ça ! T'es vraiment la plus bath fille qu'on ait jamais vue. Bon Dieu ! J'suis complètement dingue de toi ! »

Myra ne dit rien ; sa tête s'enfouit encore davantage au creux des bras de Gene.

« On va se tirer d'ici, c'est pas un coin pour une femme. Et pis je prendrai un boulot et je bosserai comme une bête pour toi tout le reste de ma vie. Bon Dieu, petite ! Tu vois pas que j'suis fou de toi pour de bon ? T'es ma femme à partir de maintenant, tu vois ? L'oublie pas, t'es ma femme… Ouais, chérie, j'suis sérieux, j'te jure sur ma tête que j'suis dingue de toi, et pour de bon… T'es ma femme maintenant. »

16

Gene et Myra quittèrent Lewisville, et en voiture Pullman.

« Tu parles, petite, lui dit Gene, tu croyais quand même pas que j'allais te laisser prendre un de ces cars crasseux, hein ? Moi, j'les prends toujours, mais cette fois-ci, pas question ! J'laisserai pas une chouette petite comme toi voyager assise toute la nuit dans un car dégueulasse. »

Et, tout ce temps, Myra pouvait sentir les deux nouvelles bagues passées à ses doigts.

Ils s'arrêtèrent à Philadelphie et trouvèrent un appartement de quatre pièces dans la 31e Rue Nord. L'endroit n'était pas aussi bien que ceux auxquels Myra était habituée, et Gene lui dit qu'il trouverait mieux, mais elle répondit qu'elle s'y plaisait, et ils en restèrent là.

« Petite, un de ces jours, j'te décrocherai la plus chouette baraque de la ville. »

L'agent immobilier était derrière eux, mais cela ne les empêcha pas de s'embrasser à qui mieux mieux.

Il fallut presque un mois à Gene pour trouver un travail qui lui convienne. Une compagnie de transports routiers l'engagea comme chauffeur professionnel, lui promettant en retour d'assurer sa formation.

Gene avait envie de conduire, et, bientôt, il avait fait tant de progrès qu'on le laissa sortir un camion. La première semaine, il resta dans les limites de la ville, mais on lui promit un transport longue distance pour bientôt : c'était ce qu'il voulait.

Quand il fit son premier grand trajet, Myra pleura tant en apprenant qu'elle ne le verrait pas de la journée et de la nuit qu'il finit par lui dire qu'elle pouvait l'accompagner.

Ses nerfs ne supportèrent pas les cahots de la route, et elle dut rentrer par le train. Plus tard, après un mois de travail environ, lorsqu'il eut prouvé qu'il était capable de manier sans danger son bahut en ville, on lui confia un trajet plus long encore. Il était rompu à son métier, et sa compagnie le considérait comme un chauffeur sûr. On lui accorda cinq dollars d'augmentation. Un soir, tout excité, Gene appela Myra à l'heure où elle s'attendait à le voir rentrer en coup de vent, pour lui dire qu'il devait rallier New York le soir même. Elle le supplia de la laisser venir, et pleura de façon si émouvante qu'il finit par céder ; après l'avoir prévenue qu'il ferait froid par cette nuit de janvier, il lui dit qu'il passerait la prendre à six heures et demie et lui demanda de se tenir prête. Myra était heureuse, et persuadée que, cette fois, elle ne serait plus effrayée par les bruits du camion. Ce soir, il ferait sombre, se disait-elle, et elle se sentirait en sûreté sur le siège, à côté de Gene.

Elle était si enchantée à l'idée de l'accompagner que lorsqu'elle grimpa dans la cabine du poids lourd elle se jeta comme une folle au cou de Gene ; elle l'embrassa si longtemps que le policier du carrefour se mit à hurler, menaçant Gene de relever son numéro s'il ne cessait pas de bloquer la circulation ; mais Gene démarra sans lui laisser le temps de traverser la rue, et, quand Myra le regarda par-dessus son épaule, l'agent lui fit un clin d'œil.

Il faisait froid, tout à fait aussi froid que Gene l'avait annoncé. Mais Myra fut courageuse ; l'air glacial de janvier s'engouffrait dans l'habitacle par toutes les ouvertures et elle grelottait malgré son épais manteau. Une heure après être sorti de la ville, Gene se pencha vers elle pour l'embrasser ; il s'aperçut qu'elle avait le visage glacé et qu'elle claquait des dents ; il quitta alors la grand-route pour gagner le prochain relais routier.

Une fois à l'intérieur de l'établissement, ils commandèrent du café et des gâteaux bien chauds.

« Petite, tu ferais mieux de prendre le bus et de rentrer à Philly », lui dit-il d'un ton pressant.

Mais Myra avait du cran, et elle lui répondit qu'elle tiendrait le coup jusqu'au bout même si elle devait geler.

Ils avaient repris la route. Il commença de neiger. La route n'était pas encore blanche, mais il gelait déjà très fort. Myra s'enveloppa les jambes dans un morceau de toile et les replia sous elle pour conserver la chaleur.

Les yeux mi-clos, elle appuyait sa tête sur l'épaule de Gene. Quand il lui demandait si elle avait assez chaud, elle frottait son visage sur son épaule, sachant qu'il comprenait. La neige tomba plus fort.

Au début, les bruits de l'énorme camion avaient engourdi ses oreilles et elle ne percevait qu'un grondement assourdissant et indistinct. Puis, petit à petit, elle s'y accoutuma et devint réceptive.

En côte, la cabine et le camion tout entier tremblaient, grinçaient, gémissaient ; le moteur peinait en vrombissant, on eût dit un essaim d'abeilles que l'on dérange.

Myra vibrait au même rythme furieux, se chargeait d'électricité jusque dans la moelle de ses os.

Puis la descente commençait ; projetée dans l'abîme, Myra perdait l'énergie qu'elle avait accumulée, de plus en plus vite, en une décharge fantastique comme celle d'un condensateur. Son corps devenait gélatine et flottait, vidé de sa substance. Le monstre noir tombait, tombait, tombait vers le fond de la nuit blanche, emporté par son élan qui le poussait interminablement. *Slip, slap-slap ; slip, slap-slap*... Dans un bruit métallique, les chaînes et les cardans du camion luttaient vaillamment pour retenir la machine pendant ses moments de relâchement... Bruit de chaînes sans fin, huilées, puissantes, tournant pour l'éternité, *slip, slap-slap ; slip slap-slap*... Et soudain, quand son corps solidaire du géant qui tombait répondait à ses bruits, les forces s'inversaient.

Le monstre noir s'abîmait dans la nuit blanche, faisant un effort surhumain pour résister à la main qui le poussait ou pour vaincre le frein moteur... Puis venait l'accalmie, le moment de silence si bref durant lequel la nature était presque audible, toute proche... Et, aussitôt, le premier grincement des cardans, le premier gémissement de l'essieu, le premier ébranlement de la cargaison, de l'entassement d'acier; tout revenait sous le contrôle du cerveau humain, de la main humaine, et le camion remontait la pente…

Myra ne parvenait pas à dormir. Elle attendait la pente suivante, la guettait à travers les flocons de neige, impatiente de ressentir de nouveau le flux vivifiant de l'électricité dans tout son corps.

L'attente, le désir et sa satisfaction lui coupaient le souffle; elle atteignait à l'extase quand le monstre lancé à la poursuite du camion l'attrapait dans sa main, quand le magnétisme de la nature tentait d'asservir la force énorme de la machine… re-création de ce premier instant où l'homme avait planté en elle ses racines… Au-dessus d'elle, la dominant comme une tour, Gene, enchaîné à son volant vibrant, ballotté de haut en bas, de droite et de gauche, fumait pour tromper la monotonie; Myra, allongée, la tête sur son épaule, oscillait dans un monde opiacé qui resterait à jamais plus haut, plus loin que le sien. Le monde extérieur défilait, étouffé, plein de mystérieux silences… Une lumière, une ombre, une silhouette de maison entre des arbres nus, c'était tout un royaume pour s'aimer. Un homme, une femme, un enfant, une vache, un lit, un toit pour se protéger des éléments et faire la paix avec le ciel, c'était l'amour.

Un cortège obsédant d'arbres dont la cime se découpe sur la neige qui emplit le ciel, qui disparaissent dans l'obscurité avec une rapidité stroboscopique… un autre monde, gros des peines et des joies de la vie, défile et disparaît dans un néant lugubre. Deux flots de lumière perçante, brûlante, aveuglante, aspirés dans le tourbillon assourdissant et courroucé de la liberté… Et à nouveau le calme, l'immobilité sereine de la nuit froide et blanche…

Un autre monde encore, puis un autre, un autre… Une côte, une descente, et ainsi à jamais à travers la nuit blanche et froide.

Glissement, reptation, accélération, plongeon dans l'air froid et enneigé. Gravitation, motivation, à jamais, *slip, slap-slap ; slip, slap-slap*...

17

Cet hiver-là, et au printemps suivant, Gene et Myra allèrent en général une fois par semaine au cinéma, et de temps en temps au théâtre. Tous les autres soirs où ils étaient ensemble, ils restaient à la maison. Myra faisait souvent la lecture à Gene – puisant dans un roman emprunté à une bibliothèque ou dans un magazine –, car Gene ne savait pas lire.

Mais leurs meilleurs moments, ils les passaient au lit, quand les lumières étaient éteintes : c'était alors que Gene, choisissant dans son répertoire apparemment inépuisable, racontait des histoires à vous couper le souffle. Ces histoires, Myra les aimait de tout son cœur. Allongée dans l'obscurité à côté de Gene, elle l'écoutait faire des récits plus horribles que tout ce qu'elle avait pu lire ou imaginer, des récits comme on n'en trouve pas dans les livres.

Une nuit, alors qu'ils étaient enlacés, Gene lui parla des quarante-trois jours qu'il avait passés à bord d'un cargo à la dérive dans l'Atlantique Nord. Pendant quinze jours, les six hommes d'équipage s'étaient nourris de rats. Quand il évoqua l'épisode des rats, Myra lui dit en riant :

« Tu es sûr que tu n'en rajoutes pas, Gene ? Vous ne vous êtes pas vraiment nourris de rats, quand même ?

— J'te jure que si, chérie ! On commençait par les dépiauter comme des lapins, puis on détachait la viande des os et on la mettait dans une casserole avec de l'eau pour faire une espèce de ragoût. Ouais, même que ça avait bon goût, crois-moi ! Le rat, ça pue comme c'est pas possible si tu mets rien dans le bouillon pour tuer l'odeur ; mais quand tu penses à le faire, c'est aussi bon que du poulet, surtout si tu crèves de faim ! Mais ce qui était dur, c'était de les attraper, ces putains de rats ! Y fallait qu'on se cache dans la cargaison à fond de cale et qu'on les assomme quand y sortaient pour chercher à manger.

« Y avait un vieux chat sur c'te vacherie de rafiot, mais on n'en avait fait qu'une bouchée au trentième jour de mer. On l'avait fait à la poêle au lieu de le bouillir comme les rats, mais on gaspille plein de morceaux bons à manger de cette façon-là. Tu parles, quand on faisait bouillir les rats, on collait tout dans le bouillon, sauf les griffes, les poils et les dents. Putain, ce qu'on avait faim, l'jour où un bateau nous a apporté ravitaillement ! Tiens, j'crois que ça devait être à notre quarante et unième jour de mer, ou p't-être au quarante-deuxième, y a un mec – heureusement que c'était pas moi, parce qu'on a rien eu d'autre à bouffer jusqu'au lendemain –, y a un mec qu'est tombé sur les boyaux quand l'capitaine a distribué les rations. Alors, y se bouche le nez, y ferme les yeux, et y se les enfourne dans la gueule avec le manche de son couteau. Bon Dieu ! et le v'là qui redégueule le tas de boyaux. J'te jure, aussi vrai que j'suis là, qu'en moins d'temps qu'il en faut pour l'dire on a tout léché ce qu'était tombé par terre !

— Gene ! protesta Myra, raconte-moi vite une autre histoire, j'en ai assez entendu de celle-là ! »

Les premières semaines, ils descendaient souvent à la plage le dimanche, et rentraient à la maison fatigués et contents. Mais, plus tard, ils arrêtèrent de le faire, car Myra attendait un bébé pour bientôt, et Gene sortait rarement sans elle.

La naissance approchait et ils vivaient dans une excitation quasi perpétuelle. Un jour, Gene déclara qu'il ne pouvait pas attendre plus longtemps et demanda à Myra si elle ne voulait pas accoucher tout de suite. Bien sûr, elle se moqua de lui et de ses bêtises ; puis elle fit semblant d'être en colère et lui dit qu'il l'aimait déjà moins que le bébé. Alors Gene la prit dans ses bras en lui jurant qu'il l'aimerait toujours autant, quand bien même elle en aurait cinquante. Lorsqu'il relâcha son étreinte, Myra l'embrassa sur la bouche une douzaine de fois.

Quand la nuit où elle devait aller à l'hôpital vint pour de bon, quand ce fut le moment qu'elle attendait depuis presque un an, Gene dut l'abandonner pour effectuer sa liaison hebdomadaire avec Jersey City. Juste avant son départ, Myra lui téléphona pour le prévenir qu'elle devrait se rendre cette nuit-là à la maternité ; il passa à l'appartement en partant pour le New Jersey.

« J'ai tout arrangé avec les chauffeurs de la station de taxis du coin de la rue. Il te suffira de descendre et il y aura une voiture pour toi au bord du trottoir. Le chef de station m'a promis d'en laisser une en permanence jusqu'à ce que tu arrives. »

Gene était bien plus nerveux que Myra, mais il se calma en fumant un tas de cigarettes et en avalant une demi-bouteille de gin.

Assise près de la fenêtre, Myra attendait en regardant dans la rue : elle était calme, bien que très émue. La nouvelle aventure qu'elle allait vivre occupait toutes ses pensées. Quand, plus tard dans la nuit, elle descendit doucement les escaliers pour prendre le taxi qui l'attendait, ce fut comme si elle pénétrait dans un monde nouveau qu'elle se mit à explorer. Ses pensées allèrent à sa mère, à sa grand-mère, à son arrière-grand-mère, toutes décédées à présent. Pleurant de joie, elle se demandait si cela les intéresserait de savoir que Myra Morgan, leur fille, allait devenir une femme.

18

« Comment vas-tu l'appeler ? demanda Gene.

— Leon. Leon Morgan.

— Leon ? Allez, ne lui donne pas un nom comme ça, ça lui jouerait des tours !

— Leon. Il s'appellera Leon Morgan. C'est un joli nom, tu sais, Gene.

— Appelle-le Bill, ou Tom, ou Mike, ou quelque chose de ce genre-là, plaida Gene. Leon, c'est pas un nom pour un bon petit comme lui, chérie.

— Tu m'avais promis..., lui rappela Myra.

— Bon, t'as gagné. Mais, dis-moi, où t'as trouvé ce prénom-là ?

— Mon frère s'appelait Leon.

— Ah bon ? Celui dont ton vieux arrêtait pas de causer ? »

Myra lui répondit qu'en effet il s'agissait bien de celui dont son père aimait à parler.

Pendant les deux premiers mois de sa vie, le bébé ne prit même pas une demi-livre. Myra s'en occupait comme il le fallait d'après la nourrice, et le nourrissait souvent et régulièrement ; malgré tout, il était en retard dans sa croissance. À l'âge de trois mois, il ne pesait que cinq livres et demie.

Ils faisaient tout leur possible pour leur bébé. Malgré tout, il ne profitait pas. On lui faisait prendre des bains de soleil tous les matins et tous les après-midi sur l'escalier de secours ; biberon après biberon, la nourrice lui apportait de la nourriture qu'elle lui avait préparée, mais il ne grossissait toujours pas. Gene et Myra faisaient tout ce qu'ils pouvaient pour lui, mais on aurait dit qu'il lui manquait quelque chose.

Pour Gene et pour Myra, la vie devint une douloureuse torture. Le bébé luttait pour survivre ; à certains moments, le combat intérieur qu'il menait devenait visible ; souvent à deux doigts de la mort, il se raccrochait à l'existence.

Quand il eut quatre mois, il pesait neuf livres. Dans ses yeux implorants, Myra lisait comme un appel, une demande inexprimée. Le visage de Gene se fit plus tendu. Il commença à avoir des rides. Ses yeux devinrent deux étroites fentes dans son visage. Myra essayait de garder son chagrin pour elle ; mais quand elle était seule, elle pleurait souvent, ivre d'une douleur inhumaine au chevet du corps frêle de son fils. Le docteur disait que le bébé avait une chance de survivre, mais, à certains indices dans sa voix et dans son attitude, Myra était persuadée qu'il ne lui disait pas la vérité.

Leon eut huit mois. C'était l'hiver. Un matin où Gene partait au travail, Myra lui dit qu'elle pensait Leon hors de danger, qu'il allait grandir et grossir. Le petit pesait à présent douze livres et sa tête était couverte d'une épaisse toison de cheveux noirs comme ceux de

Gene. Pourtant, son enfant restait différent de ceux qu'elle voyait dans la rue par sa fenêtre. Plus tard, un jour où elle était seule avec Leon, un livreur sonna à la porte. Elle emporta son bébé dans la chambre à coucher avant d'aller ouvrir ; sans s'en rendre compte, elle avait honte de son fils. Ensuite, elle s'en aperçut, mais n'en parla pas à Gene. Quelques semaines après, elle cessa de baigner Leon devant son père, car elle ne voulait pas qu'il voie son corps velu ; sa poitrine en particulier était couverte d'une épaisse et rude toison noire qui, plus tard, se mit aussi à pousser sur son visage. Son front disparaissait presque entièrement sous les cheveux. À certains moments, l'enfant était horrible, car de ses oreilles et de ses narines sortaient également des poils d'une longueur, d'une couleur et d'une épaisseur anormales.

Tous les matins, en baignant Leon, Myra les coupait et les arrachait à la racine, mais de nouveaux poils repoussaient sans cesse. Le soir, Gene était morose ; il lui arrivait assez souvent de rester tard en ville et de ne rentrer qu'à minuit ou plus. Quand il était là, Myra vaquait en silence à ses occupations ménagères, et, souvent, quand elle allait au marché faire les courses, elle y restait plus longtemps que nécessaire. Malgré tout, la nuit, quand ils étaient seuls au lit, ils étaient extrêmement heureux. Alors, pendant une heure ou deux si le bébé ne pleurait pas, ils retrouvaient le bonheur qu'ils avaient vécu auparavant.

Souvent, avant de dormir, Myra pleurait pendant longtemps. Elle ne dit jamais à Gene pourquoi elle sanglotait ; du reste, il ne lui demandait pas. Pourtant, l'un et l'autre en connaissaient la raison.

Au bout d'un certain temps, cela devint une habitude chez elle, et Gene s'accoutuma à entendre les sanglots pathétiques qui secouaient son corps. Il tentait de la consoler, lui disait que leurs épreuves prendraient fin bientôt ; mais, au fond de lui-même, il savait qu'ils ne seraient jamais vraiment heureux avant que Leon ne guérisse ou ne meure.

À certains moments, Myra était si tendue qu'elle ne pouvait s'empêcher de crier à tue-tête ; pourtant, elle ne souffrait pas physiquement. Les mauvais jours, Gene se mit à l'injurier.

19

« Pourquoi il arrête pas de remuer ses bras et ses jambes dans tous les sens ? » cria Gene à Myra, impitoyablement. Il était incapable de se contenir plus longtemps. « Pourquoi ses yeux ont l'air de lui sortir de la tête ? À quoi ça sert, tous ces poils noirs qu'il a partout ? »

Myra, secouée de sanglots hystériques, se jeta sur le lit. Elle savait bien qu'il finirait un jour par lui poser ces questions, et il connaissait la réponse aussi bien qu'elle. Il était inutile d'essayer plus longtemps de cacher la vérité, se disait-elle. Ils savaient tous les deux que quelque chose n'allait pas. Gene se laissa tomber sur la chaise devant la fenêtre, regardant la rue sans la voir. Dehors, des enfants jouaient.

À présent, le petit Leon allait sur ses deux ans, et son corps s'allongeait ; mais sa peau sèche était encore trop grande pour lui, et, par-dessus tout, il ne parvenait pas à coordonner ses mouvements. Sa mère devait s'occuper de lui avec la même attention que s'il avait eu une semaine.

Même aux yeux de son père et de sa mère, il était horrible.

Quand Gene le regardait, Leon lui faisait penser à un bébé à deux têtes qu'il avait un jour aperçu dans une fête foraine, exhibé dans un bocal. Il en avait conservé un souvenir aussi net et précis qu'une photographie. Son fils était plus gros et plus grand, mais, à part cela, la ressemblance était indéniable.

Un dimanche, Gene, prenant son chapeau, quitta l'appartement sans dire où il allait ni à quelle heure il serait de retour.

Il n'avait pas plutôt claqué la porte que Myra, séchant ses larmes, se précipitait vers la petite chambre de Leon. Elle l'emporta tendrement dans ses bras, et s'assit avec lui sur la chaise près de la fenêtre, qui était encore chaude de la présence de Gene.

Elle lui tenait la tête au creux de son bras, prenant bien soin de la soutenir fermement de peur qu'il ne se rompe le cou au cours de l'un de ses spasmes continuels. Assise là, regardant les enfants qui jouaient dans la rue, elle parlait à son fils, lui racontait des histoires qu'elle avait apprises bien avant qu'il ne naisse, avec les mêmes inflexions que si elle avait parlé à des adultes.

Mais ses contes de fées, ses histoires d'ogres et de petits chaperons rouges restaient sans réponse. Le bébé dans ses bras était agité de convulsions, roulait ses yeux et bavait, incapable d'avaler sa salive. Pourtant, Myra était heureuse, elle aimait son fils de tout son cœur. Ce soir-là, Gene ne rentra pas dîner, et Myra, de nouveau, prit son fils dans ses bras devant la fenêtre. Cette fois, elle lui raconta des histoires tirées de sa propre enfance, lui parla en détail de la poule naine brune que sa mère lui avait donnée et qu'elle cachait sous son manteau le soir quand elle allait au lit, afin que l'animal pût dormir avec elle. Elle lui parla aussi de ses poupées, des noms qu'elle leur avait donnés, et de la place que chacune occupait dans son cœur, de ses camarades d'école, de leurs jeux du samedi matin... Elle ouvrit son cœur à son fils, partagea avec lui tous ses secrets. Elle évoqua les plans qu'elle faisait, les ambitions et les espoirs qu'elle entretenait pour lui.

Pendant tout ce temps, Leon était agité de secousses, remuait ses bras, ses jambes et sa tête ; c'était bouleversant.

Il vomissait sa nourriture sur la robe neuve de sa mère, lui égratignait la peau avec les poils noirs et rêches qui couvraient toutes les parties de son corps. Quand elle le tenait serré contre sa poitrine, elle repensait au sofa de peluche rouge qu'ils avaient à Lewisville et qui perdait sa bourre de crin de cheval.

Gene rentra tard cette nuit-là et se coucha immédiatement. Ses vêtements empestaient le whisky.

Quand elle eut fini de nourrir et de changer Leon, Myra se mit au lit, mais Gene dormait déjà d'un sommeil de plomb. C'était la première fois qu'il ne l'avait pas embrassée pour lui souhaiter bonne nuit et elle ne put s'endormir. Elle pleura sans bruit jusqu'au matin.

20

« Est-ce que le gosse va mieux ?

— À peu près comme d'habitude, Gene. Le docteur dit que si son état ne s'améliore pas il faudra qu'il nous l'enlève.

— Pourquoi ?

— Je ne sais pas. Peut-être cela veut dire qu'il ne deviendra jamais normal et fort.

— Merde ! C'est ce qu'il a dit la dernière fois qu'il est venu le voir. Qu'est-ce qu'il en fera ?

— Il ne l'a pas dit. Mais j'ai peur qu'il ne le fasse pas soigner correctement. C'est pour cela que je ne veux pas qu'il emmène le petit Leon. Et puis, l'autre jour, je lisais dans un livre à la bibliothèque que quelquefois ils étaient obligés de… tuer des bébés qui ne seraient jamais normaux. »

Son visage se couvrit de larmes, il en tombait sur ses mains.

« Bon Dieu !

— Tu ne les laisserais pas emmener le petit Leon, n'est-ce pas, Gene ? suppliait-elle. Tu ne les laisserais pas me prendre le petit Leon pour le… pour lui faire du mal, hein, Gene ?

— Bon Dieu !

— S'ils me le prennent, je ne veux plus vivre.

— Et y va jamais aller mieux ? demanda Gene, gêné.

— J'ai peur que non… Le docteur dit qu'il n'y a guère d'espoir. Je pense qu'il le sait bien, pas toi ?

— Ouais, j'pense qu'il devrait savoir de quoi y parle, c'est son boulot. »

Elle redoubla de larmes.

« Gene, partons avant qu'ils ne viennent pour emmener le petit Leon, supplia-t-elle en sanglotant. Je ne peux plus supporter tout cela… Je ne peux pas les laisser me prendre Leon, penser que je ne le reverrai jamais ! Gene !

— Allez, arrête de pleurer ! Ça sert à rien.

— Pourquoi ? demanda-t-elle d'une voix implorante entre deux crises de larmes. Pourquoi fallait-il que cela nous arrive ?

— Bon Dieu ! J'en sais rien, chérie… On n'a qu'à avoir un autre gosse. Peut-être qu'il ne sera pas comme le premier. Tu veux pas en avoir un autre, chérie ?

— J'en ai parlé au docteur, Gene… et il m'a dit que le deuxième pourrait être comme le petit Leon… et peut-être même encore pire…

— Merde !

— Il a dit que je ne devrais pas avoir d'autre enfant.

— Merde ! Pourquoi il a dit ça ? Pourquoi on peut pas en avoir d'autre, chérie ?

— Il dit qu'il y a quelque chose qui ne va pas quelque part. Je crois que c'est moi… Ce n'est pas ta faute, Gene, mon amour !

— Merde ! Elle est bonne, celle-là. Merde !

— Allons-nous-en avant qu'ils ne viennent nous enlever le petit Leon. Si je ne l'avais plus, j'en mourrais. Après toi, Gene, c'est lui que j'aime le plus au monde. Je ne pourrais plus vivre. Je ne veux pas vivre si Leon n'est pas avec moi tout le temps. Tu ne les laisseras pas venir me le prendre, n'est-ce pas ? Ils nous l'emmèneraient... et ils nous le tueraient, Gene ! Gene, je t'en prie, ne les laisse pas m'arracher mon petit bébé adoré ! Gene, partons avant qu'ils ne reviennent. On ne peut pas s'en aller, Gene ? Dis, Gene, si l'on partait ?

— Bon Dieu ! »

21

« Prépare le gosse, j'vais l'emmener faire un tour dans le parc. Peut-être que l'air frais lui fera un peu de bien.

— Leon ? Tu vas emmener Leon au parc, Gene ?

— Ouais, bien sûr ! Prépare-le », lui dit-il.

Myra mit à Leon ses plus beaux vêtements, lui attacha bien son bonnet et l'enveloppa soigneusement dans sa couverture rose.

Tandis que Myra attendait que Gene eût fini de se coiffer, elle se demandait pour quelle raison il avait tout à coup décidé de sortir l'enfant dans la rue. Il ne l'avait jamais fait précédemment.

Ils partirent, laissant pour la première fois Myra seule dans l'appartement. Gene n'avait pas dit à quelle heure ils rentreraient, mais Myra était sûre qu'ils ne resteraient pas plus d'une heure dehors : jamais Gene ne supporterait plus longtemps son humiliation.

Après leur départ, elle s'assit et écrivit à sa sœur Susan, lui demandant des nouvelles de son mari et de son bébé, de leur maison neuve et d'une foule d'autres choses qui lui venaient à l'esprit au fur et à mesure. C'était la première fois qu'elle écrivait à sa sœur depuis qu'elle était partie avec Gene.

Gene erra sans but dans le parc, portant Leon dans ses bras. Il marchait lentement, car le bébé n'avait pas tardé à se faire lourd, et il faisait de fréquentes haltes pour se reposer. À plusieurs reprises, Leon émit une série de petits bruits inintelligibles, mais il ne pleura pas une seule fois. S'il avait pleuré, tout au moins s'il avait pleuré sans arrêt, Gene l'aurait aussitôt ramené à la maison.

Après plusieurs heures de promenade au gré des allées du parc, Gene s'assit sur un banc au bord d'un ruisseau. Il posa le petit Leon sur le siège à côté de lui, en prenant toutes les précautions pour qu'il ne tombe pas. Puis il alluma une cigarette. Tout en fumant, il pensait à Myra, regardant couler devant lui l'eau du petit ruisseau.

Puis il se leva et regarda sa montre. Il était presque cinq heures, mais le soleil n'était pas couché et il faisait encore chaud. Il se rassit ; ces mouvements l'avaient tiré de sa rêverie, et, lucide, il se demanda s'il devait continuer à cloîtrer Myra dans l'appartement avec Leon. Il souffrait pour elle, car il l'aimait. La vie qu'ils menaient ne pouvait pas durer, il préférerait encore partir. Il se faisait davantage de souci pour Myra que pour lui-même : elle se desséchait, et il ne voulait pas qu'elle se renferme et devienne une vieille harpie invivable.

Leon ne serait jamais normal. Il en était sûr. Même s'il atteignait un jour l'âge de vingt ou trente ans, il serait toujours trop faible d'esprit pour rester assis dans une chaise sans y être attaché. Et Myra passerait encore une existence à laver des couches sales. Cette pensée le fit frémir.

Le ruisseau était profond en son milieu. L'eau, claire et bleutée, atteignait bien un mètre de profondeur là où une branche morte avait formé barrage. Gene se rapprocha, et, pensivement, contempla la retenue d'eau bleue. Au fond, il y avait une balle de caoutchouc et, en amont, au pied des cascades miniatures, les bras et les jambes d'une poupée ; la tête, arrachée et jetée un peu plus loin, flottait, face en l'air.

Gene jeta un coup d'œil à Leon. Couché sur le banc, l'enfant ne faisait aucun bruit.

Du bout du pied, Gene fit tomber quelques gravillons dans le ruisseau. Impassible, il les regarda déranger la calme surface de l'eau bleutée, la déchirant de rides qui dessinaient des entrelacs mystérieux.

« C'est votre gosse, m'sieur ? »

Gene, surpris par les voix aiguës, se retourna en sursautant. Le chemin était envahi de petits garçons, de gamins de tous âges, de toutes tailles et de toutes couleurs.

« Quoi ? demanda-t-il d'un ton maussade en fronçant les sourcils.

— C'est votre gosse ? cria à nouveau le chef de la bande. Y pique une crise, hein ? Venez voir, il fait une tête toute bizarre.

— Foutez-moi le camp d'ici ! leur cria-t-il en se jetant sur eux et en leur brandissant ses poings au visage. Taillez-vous avant que j'vous colle les flics sur le dos. »

Il revint en courant vers le banc, et fit tourner la tête de Leon pour jeter un coup d'œil à son visage. La langue de l'enfant pendait hors de sa bouche comme celle d'un chien qui halète et sa figure d'un rouge violacé était toute crispée.

La bande de mômes, cachée derrière les arbres à une centaine de mètres, avait repris quelque courage.

« Qu'est-ce qu'il a, vot'gosse, m'sieur ? »

C'était le même gamin à la peau brune qui hurlait à tue-tête :

« Y r'semble à un dingue. Pourquoi vous l'tuez pas ?

— Foutez-moi le camp d'ici, tonna Gene ; menaçant, il ramassa deux poignées de cailloux et leur cria : Tirez-vous avant que je vous colle les flics aux trousses ! »

Il leur lança une grêle de pierres jusqu'à ce qu'ils aient disparu. Puis il revint vers Leon, en se demandant que faire. Il n'avait encore jamais vu le bébé dans cet état. Myra ne lui avait pas dit que Leon était sujet à des convulsions.

Gene jeta un coup d'œil autour de lui et dans l'allée. L'enfant remuait faiblement dans ses bras. Il se faisait tard, et les ombres s'allongeaient à chaque tic-tac de sa montre dans la poche de son gilet. Myra devait les attendre pour dîner. Le repas était probablement prêt et Myra ferait semblant d'être en colère parce que la nourriture avait refroidi.

Il remonta l'allée en courant et se dirigea en toute hâte vers la maison. « Leon doit avoir faim après être resté si longtemps dehors sans prendre de biberon », se disait-il. Il aurait dû demander à Myra d'en préparer un avant leur départ. Il traversa la rue et se précipita vers l'appartement et vers Myra.

Quand ils arrivèrent sur le palier, Myra les attendait sur le pas de la porte. Leon lui pesait dans les bras, il faisait maintenant quinze livres.

« Pourquoi êtes-vous si en retard, Leon et toi ? lui demanda Myra, angoissée, en lui tendant les bras. Si j'avais su que vous resteriez dehors si longtemps, je t'aurais donné un biberon pour Leon. – Alors, il a faim, le petit bonhomme de sa maman ? – Pourquoi êtes-vous restés si longtemps, Gene ?

— Dépêche-toi, j'ai une faim de tous les diables ! On a bien dû faire quinze bornes dans le parc. »

22

L'après-midi du dimanche suivant, Gene dit qu'il allait de nouveau emmener Leon dans le parc de Fairmount. Myra était ravie. Elle habilla vite l'enfant pour que Gene le trouve prêt en sortant de la chambre à coucher. S'il lui fallait attendre longtemps, il changerait probablement d'avis.

Quand il sortit de la chambre en enfilant son manteau, Myra l'attendait à la porte, tenant Leon dans ses bras.

« Est-ce que vous resterez aussi longtemps que dimanche dernier, Gene ? lui demanda-t-elle prudemment quand il lui prit l'enfant.

— J'sais pas, peut-être bien, dit-il négligemment.

— Alors, il faut que tu emportes ça ! » Elle glissa un biberon de lait et une tétine de rechange dans la poche de son manteau. « Donne-le au petit à quatre heures et fais attention qu'il ne prenne pas froid, Gene. Prends bien soin de le maintenir tout le temps dans sa couverture. »

Elle lui ouvrit la porte et s'effaça pour les laisser passer.

« Et n'oublie pas de lui donner sa tétée à quatre heures, Gene », lui rappela-t-elle en brossant la manche de son pardessus du revers de la main.

Il se pencha vers elle et par trois fois l'embrassa longuement sur la bouche.

« Au revoir. »

Il la fixa un moment et descendit l'escalier d'un pas hésitant en se retournant pour la regarder.

« Qu'est-ce que tu vas faire pendant qu'on sera partis ?

— Oh ! Pas grand-chose. J'écrirai peut-être à Susan si j'ai le temps. Pourquoi me demandes-tu cela ?

— Oh ! Juste pour savoir. T'en fais pas, ma chérie. Merde ! Ça sert à rien de te tuer au travail tout le temps. Au revoir, chérie…

— Au revoir, Gene. Au revoir, petit Leon. J'espère que mes hommes ne resteront pas trop longtemps dehors.

— Au revoir, chérie. »

Myra leur fit au revoir de la main jusqu'à ce qu'ils aient disparu.

Après avoir traîné en chemin pendant une bonne heure, ils atteignirent le banc près du ruisseau. Comme le dimanche d'avant, l'eau était claire avec des reflets bleutés.

Le temps s'écoula doucement. Les heures passaient de plus en plus lentement à mesure que Gene sortait sa montre pour consulter le cadran. Il ne tenait pas en place. Il aurait pu emmener Leon ailleurs, mais un autre endroit aurait été tout aussi fastidieux. Il passait peu de monde. Il ne vit apparaître aucun gamin.

À quatre heures, fidèle à sa promesse, il donna son biberon à Leon comme Myra le lui avait demandé. À cinq heures, l'enfant dormait profondément. Il revint vers le banc pour y prendre le biberon vide et le mit dans sa poche. Quand il retourna auprès de l'eau, il le ressortit et, l'attrapant brusquement par le goulot, il le jeta vers le ruisseau. Il tomba dans un massif de bruyères et d'arbustes, sans bruit et sans se casser. Gene resta là plusieurs minutes, s'attendant à percevoir un bruit de verre brisé, mais rien ne vint. Devant lui, le ruisseau coulait en glougloutant.

Il commençait à faire frisquet. Gene enveloppa son fils dans sa couverture et remonta le col de son propre manteau. L'air était humide également, et la nuit tombait vite. À travers les frondaisons des arbres, il voyait scintiller les réverbères du parc. À une trentaine de mètres, un gardien déambulait.

Myra devait les attendre pour dîner, se disait-il en marchant à grands pas dans l'allée. Leon dormait dans ses bras. Elle aurait probablement préparé du gigot, avec plein de sauce brune. Elle faisait la meilleure sauce qu'il ait jamais goûtée. Myra, elle était chouette. Elle était propre. Toutes les autres femmes qu'il avait connues étaient des salopes, même sa mère.

Il héla un taxi : « En ville ! »

Oui, Myra était propre. C'était une chouette petite. On n'en trouvait pas de plus propre qu'elle.

« Dites, cria-t-il au chauffeur, vous avez une femme ? »

L'homme freina pile et se rangea au bord du trottoir.

« Quoi ? dit-il en passant sa tête par la portière.

— Vous avez une femme ?

— Ouais, j'en ai une, mais j'l'appelle pas comme ça !

— Comment vous l'appelez ?

— J'lui donne un tas de noms ; la plupart sont des noms dégueulasses.

— Pourquoi ? Elle est sale ?

— Elle est dégueulasse, elle pue ! Elle me double !

— La mienne, elle est propre.

— Mon cul !

— Ouais ! C'est la plus propre qu'on puisse trouver.

— Allez, y en a pas de propres. Toutes des salopes. Eh, dites, où vous voulez qu'on aille ?

— Tout droit vers le centre. »

Derrière eux, les rues défilaient, comme les pages d'un calendrier que l'on eût feuilleté à l'envers. Myra était propre, bon Dieu ! mais les autres étaient des salopes.

« Prenez la 3e Rue. »

Gene marchait rapidement, prenant bien soin de ne pas déranger Leon, qui dormait toujours profondément. L'air frais lui avait fait du bien.

Myra, elle était propre, oui. On n'en faisait pas de plus propre. Mais les autres étaient des salopes, toutes les autres.

Il faisait sombre et le bord de mer était lugubre. Indifférentes, les lumières venues de Jersey City sur l'autre rive scintillaient sur la crête des vagues paresseuses. On entendait au loin le grondement des automobiles dans les rues aux pavés inégaux. Au-dessus de sa tête, une rame du métro aérien passa à toute vitesse, dans un bruit de ferraille, faisant trembler la terre. On aurait dit que le monde claquait des dents…

Plus bas, dans la pénombre humide, l'eau clapotait sans cesse. À ses pieds, une grosse bille de bois de flottage gorgée d'eau dansait fébrilement à la surface.

Dans le bras d'eau, les mâts des navires et les lumières se découpaient, comme cloués sur le ciel, et quelque part quelqu'un éclata de rire, d'un rire de gorge insensé…

Empruntant une rue pavée, Gene monta la pente raide jusqu'à un restaurant ouvert. Il était neuf heures et demie, c'est du moins ce qu'indiquait l'horloge murale constellée de chiures de mouches.

Deux matelots et deux femmes étaient assis dans un coin. L'un des hommes ronflait, les pieds sur la table. Un billet de chemin de fer de couleur verte menaçait de tomber de sa poche. Les filles chatouillaient l'autre marin sous les bras pour essayer de lui faire dire quelque chose. Il se mit en colère et envoya une bourrade à l'une des femmes, sans effet. Elle lui donna un coup de poing. Il envoya promener le chapeau de la fille. Elle lui frappa l'entrejambe. L'autre matelot se réveilla et cracha sur le plancher.

L'horloge murale marquait dix heures.

Gene paya les soixante cents qu'il devait, et la fille, derrière ses seins gigantesques, lui sourit.

23

Il y avait de la lumière à la fenêtre de Myra. D'en bas, dans la rue, Gene pouvait voir son ombre. Elle était assise dans un rocking-chair et se balançait d'arrière en avant en un mouvement régulier et mesuré. Sur le rebord de la fenêtre, la surface polie d'une bouteille de lait vide renvoyait une lumière scintillante comme celle d'une étoile.

Appuyé à un arbre de l'autre côté de la rue, Gene regardait la fenêtre. Il se demanda combien de temps Myra resterait assise à attendre, en se balançant. Il était onze heures passées.

« ... Je crois qu'elle s'en remettra et qu'elle n'y pensera pas trop. Elle peut retourner à Lewisville et sa famille s'occupera bien d'elle. Peut-être qu'elle trouvera un homme qui la traitera bien. Bon Dieu ! C'était une honte, de vivre comme cela, à jamais sortir et à toujours s'occuper du gosse. Merde ! Cette pauvre petite, elle en serait morte si elle était restée plus longtemps dans ce putain d'appartement, sans plus jamais aller au ciné ou ailleurs. Merde ! Je crois que j'ai bien fait. Je pouvais pas me tirer et la laisser là-haut avec le gosse. Mais, bon Dieu ! Maintenant elle peut partir sans avoir à s'occuper de lui du matin au soir. Peut-être qu'elle pourra avoir des gosses qui seront normaux ? Bon Dieu ! C'était quand même drôlement bizarre, ce qu'il avait... »

Assise devant la fenêtre, Myra se balançait. À un moment, alors que Gene la surveillait depuis le bord du trottoir, elle se leva et, ouvrant la fenêtre, regarda en bas dans la rue. Gene se recula dans l'ombre des arbres.

Plus tard, il descendit la rue pour aller manger un morceau dans un restaurant. Il boirait un verre par la même occasion, juste assez pour se réchauffer les mains et les pieds.

Quand il fut de retour, il était plus de minuit, presque une heure d'après sa montre. L'ombre se balançait toujours. Gene espérait qu'elle ne resterait pas debout toute la nuit, mais il savait qu'elle le ferait.

« ... Merde, j'parie que la pauvre petite va pas en dormir d'une semaine. Demain matin, elle va aller à notre recherche, et après elle fera fouiller tout le parc par les flics. J'aimerais pouvoir lui dire que ça sert à rien de fouiller. Mais si je lui disais ce qui s'est passé, elle deviendrait dingue. Je crois que je f'rais mieux de m'écraser, et peut-être qu'elle laissera tomber bientôt. Mais, de toute façon, elle s'arrêtera pas avant un mois, j'en suis sûr. Elle fouillera chaque centimètre carré de ce putain de parc avant d'abandonner. Merde ! la pauvre gosse... »

Gene fit lentement le tour du pâté de maisons. Il n'avait pas l'intention de faire un tour complet, il était parti pour prendre un tramway. Mais il ne s'arrêta pas au coin de la rue. Il continua à marcher jusqu'à ce qu'il soit revenu devant la fenêtre de Myra. L'ombre se balançait toujours, plus vite même qu'à onze heures. Il voulait que Myra ouvre de nouveau la fenêtre et qu'elle regarde en bas dans la rue. C'était elle qu'il désirait voir, pas son ombre.

Un agent de police remontait la rue à pas lourds. Gene quitta son poste et partit lentement, jetant des regards par-dessus son épaule en direction de la fenêtre.

L'agent le vit et pressa le pas. Gene se dépêcha de tourner au carrefour et marcha en direction de la station de tramway.

Une heure après que Gene eut tourné au coin de la rue et qu'il eut pris le tramway, Myra s'approcha de la fenêtre et, les mains autour de la gorge, regarda dans la rue.

Note de l'auteur

Ma première rencontre avec Marcel Duhamel faillit bien ne jamais avoir lieu. C'était peu après la Seconde Guerre mondiale. J'avais pu me rendre en France pour la première fois depuis les années trente, et j'étais dans mon hôtel parisien, lorsque Marcel, qui avait traduit et adapté la pièce tirée de *La Route au tabac*, me téléphona de sa villa d'Antibes.

Il insista pour que je prenne le soir même le Train bleu afin de passer quelques jours sur la Côte d'Azur avec lui et avec son épouse Germaine.

Il se montra si gentil et persuasif que je fus très heureux d'accepter son invitation et que je lui promis d'être à Antibes le lendemain matin à l'heure dite.

J'y parvins effectivement après avoir voyagé toute la nuit. Mais où Marcel Duhamel devait-il me retrouver ? Il m'avait assuré qu'il serait là à l'arrivée du train, et, lorsque les autres passagers commencèrent à quitter la gare, je vis effectivement un homme, grand, beau et bronzé, la trentaine, qui attendait sur le quai. Il me jeta un coup d'œil scrutateur, mais après un bref instant il fronça les sourcils et se détourna en hochant la tête, avant de disparaître avec le flot des voyageurs.

J'étais sur le point de me précipiter à ses trousses pour lui demander s'il était Marcel Duhamel, mais je me dis que s'il s'était bien agi de lui, il serait venu vers moi et m'aurait demandé de décliner mon identité; de plus, l'apparence et les manières de l'homme que j'avais vu évoquaient davantage l'acteur ou le playboy maniéré que le traducteur célèbre et l'intellectuel du monde des lettres.

Durant l'heure qui suivit, tandis que les francs se multipliaient au compteur de mon taxi comme des gouttes de pluie dans la tempête, le chauffeur, un Français nonchalant, et son passager, un Américain inquiet, parcoururent en tous sens le front de mer, kilomètre après kilomètre; ils cherchaient un passant capable de leur indiquer, dans l'une ou l'autre langue, la villa d'un écrivain et traducteur connu, qui partageait son temps entre Paris et Antibes.

Enfin, non pas une, mais plusieurs heures plus tard, après avoir eu recours aux services conjugués d'un grand nombre d'agents de police, de garçons de café et de plagistes, on me remit aux mains de Marcel Duhamel. Il était presque midi.

Le seul commentaire qu'il fit à propos de notre rendez-vous manqué à la gare fut bien dans sa manière : succinct, plein d'aplomb et irréfutable; je m'en souviens parfaitement. Il expliqua qu'il m'avait jaugé soigneusement, et avait immédiatement conclu que j'avais trop l'air d'un banal touriste pour être l'auteur d'un roman américain dont l'adaptation théâtrale avait été un succès à New York, puis à Paris après qu'il en eut assuré la traduction.

Ce fut ensuite mon tour de lui présenter mes excuses pour ne pas l'avoir reconnu; je lui dis que je n'avais pas osé lui adresser la parole, car, à mon avis, il ressemblait trop au play-boy typique de la Côte d'Azur pour être Marcel Duhamel. À ces mots, il me donna une longue et amicale poignée de main ; il souriait de toutes ses dents et ses yeux d'un bleu intense pétillaient d'une joie non dissimulée.

Ainsi commença une amitié de toute une vie, qui devait durer de ce matin de printemps embaumé jusqu'au jour de sa mort, trente ans plus tard.

Entre 1945 et 1975, j'eus l'occasion de me rendre plus d'une douzaine de fois en France, pendant des périodes de durée variable et, pour autant que je m'en souvienne, je ne manquai jamais de rendre visite à Marcel Duhamel, soit à Paris soit dans le sud de la France, avant de repartir.

Notre dernière rencontre, comme la première, eut lieu sur la Côte d'Azur, à l'occasion d'un récent Festival de Cannes. Je lui dis, comme du reste je l'avais fait au cours de nos entrevues précédentes, qu'il devrait au moins une fois visiter les États-Unis, et que cela profiterait sans aucun doute à l'écrivain et à l'observateur qu'il était. J'ajoutai qu'une telle expédition lui fournirait, entre autres, matière à écrire un passionnant journal de voyage. Il se déclara intéressé ; cependant, à ses responsabilités en tant que directeur d'une collection policière très appréciée s'ajoutait alors la rédaction de la fin de son autobiographie qui l'absorbait terriblement ; de plus, Marcel Duhamel relevait péniblement d'une grave maladie. Après plusieurs déjeuners à Cannes et dans sa maison de Mouans-Sartoux, il me dit qu'à son grand regret il ne pouvait absolument pas envisager de quitter la France, et que tout projet de voyage aux États-Unis devait être abandonné définitivement.

Par la suite, lorsque je visitai la Louisiane française et décidai d'entreprendre la rédaction de mon propre journal – qui devait être finalement publié sous le titre *Afternoons in Mid-America* –, je demandai à Marcel s'il lui plairait que je lui adresse des lettres au cours de ce voyage. Il me répondit dans une brève missive qu'il en serait enchanté. Il en résulta dix-sept lettres, écrites en anglais.

Parmi les souvenirs les plus nets que j'aie conservés de cette époque passée en l'agréable compagnie de Marcel Duhamel figurent ces nuits parisiennes de la première période : partout où nous allions, semblait-il, il était reconnu par une foule d'amis et de relations, qui faisaient aussitôt cercle autour de lui et qui le recevaient avec des embrassades et des rires enthousiastes.

Le plus remarquable dans tout cela était que ces amis et admirateurs ne fussent point les membres flagorneurs d'une coterie de la Rive gauche. Ces jeunes gens exubérants étaient en général des poètes, des peintres, des acteurs, des écrivains et des étudiants qui cultivaient sérieusement leurs talents afin de se faire reconnaître. Pour toute cette jeunesse, Marcel n'était nullement le mage d'un culte ésotérique, mais bien plutôt un ami attentif, un mentor digne de confiance et un critique respecté.

Comme il fallait s'y attendre, les jeunes et turbulents artistes de cette époque exprimaient leurs théories extrémistes par des techniques révolutionnaires, et ils avaient trouvé en la personne de Marcel Duhamel un conseiller sûr en même temps qu'une intarissable source d'encouragements.

Avait-il le don de prévoir à quel endroit et à quelle heure ses admirateurs allaient se rassembler, ou était-ce eux au contraire qui parvenaient à le localiser au cours de ses pérégrinations dans Paris ? Toujours est-il que ces groupes de jeunes artistes ambitieux finissaient toujours par le dénicher dans une discothèque bruyante ou dans un bistrot tranquille à quelques pas des Champs-Élysées, dans une librairie installée au fond d'une cave et éclairée par des chandelles ou dans une galerie d'art du boulevard Saint-Germain où l'on brûlait de l'encens.

C'est au cours de l'une de ces excursions nocturnes, peu après notre rencontre, que je fis la connaissance de l'un de ces jeunes écrivains, qui se battait pour être publié et qui, des années plus tard, allait devenir l'un des plus célèbres auteurs français. Ce jeune homme à la voix mesurée, toujours très attentif, s'appelait Raymond Queneau.

À la tombée de la nuit débuta, pour Marcel, pour Raymond et pour moi-même, ainsi que pour les membres de notre escorte sans cesse renouvelée, une virée qui ne s'achèverait qu'au petit matin.

D'appartement en appartement, de café en café, nous nous retrouvâmes enfin dans le décor historique de l'une de ces hautes caves voûtées, à l'ambiance feutrée et digne, où n'entre pas qui veut. Confortablement installés dans une alcôve faiblement éclairée, nous employâmes utilement la nuit à passer en revue les vices, les défauts et les injustices de la civilisation et, quand dehors, dans les rues, se leva un nouveau jour de travail, nous nous séparâmes. Queneau était le seul parmi nous qui ne fût pas obligé de rentrer à pied ou d'attendre interminablement un autobus ou un taxi hypothétiques : il était lecteur dans une maison d'édition et son bureau était à quelques enjambées de l'étroit escalier qui reliait la cave au monde extérieur.

Ce fut durant cette période que Maurice Coindreau, cet homme d'une grande érudition, traduisit avec talent et intérêt quelques-uns de mes romans et que l'éminent André Maurois écrivit une élogieuse introduction à mes œuvres.

Par la suite, je me suis souvent demandé si ces hommes de lettres renommés n'auraient pas hésité à s'associer publiquement à ma personne, s'ils ne se seraient pas détournés en apprenant quel plaisir j'éprouvais à assister aux allées et venues de l'intelligentsia parisienne dans ce caveau, en compagnie de Marcel Duhamel et de Raymond Queneau.

Après tout, l'« underground » en tant qu'institution n'est pas autant respecté que les salons littéraires, dans la mesure où ces derniers ont été institués dans le but explicite de tirer les écrivains marginaux de leurs abîmes pour les hisser au faîte de la respectabilité sociale et professionnelle.

Les jeunes écrivains extrémistes de ma génération, race intrépide et dissidente d'iconoclastes littéraires, surgirent sur la scène américaine au moment où la littérature dominante perdait chaque jour un peu plus de sa force pour devenir un pâle reflet de la vie.

Très vite il devint évident que seuls ces jeunes révolutionnaires impitoyables étaient capables d'écrire les pages de transition qui nous feraient passer du romantisme irréel de jadis au réalisme du monde moderne, avec ses difficiles problèmes sociaux.

Cette période de mutation littéraire, inscrite dans les parenthèses de deux guerres mondiales, vit les auteurs à succès de comédies à l'eau de rose s'inquiéter d'une diminution de leurs revenus et s'efforcer désespérément de nier l'existence de réalités sociales moins idylliques que celles qu'ils avaient inventées pour conditionner leurs lecteurs.

Lorsque ces jeunes écrivains réalistes tentèrent de se faire accepter par des éditeurs, ils s'aperçurent bien vite qu'ils n'étaient pas les bienvenus.

Pour ceux qui osaient peindre l'omniprésence de la misère et de la faim et ses effets sur la vie des défavorisés, les rédacteurs en chef des grands journaux et les éditeurs conservateurs n'avaient pas même un mot d'encouragement poli. Ils étaient désagréables, quelquefois même hostiles.

Heureusement, cette époque fut aussi marquée par la naissance d'un mouvement puissant et concerté de jeunes écrivains réalistes qui, aux quatre coins du pays, s'efforcèrent de trouver de nouveaux débouchés pour leurs romans et leurs poésies ; c'est ainsi que, sur l'ensemble du territoire, de petites revues semi-confidentielles virent le jour, généralement tirées à quelques centaines d'exemplaires seulement en raison des contingences économiques. Compte tenu de leur rareté, et de l'intérêt considérable porté par les lecteurs à la littérature expérimentale, chaque numéro devint un objet précieux d'étude et d'inspiration.

Ces publications fugitives, consacrées pour la plupart à la nouvelle littérature sous toutes ses formes, même les plus extrêmes, étaient le plus souvent créées par de jeunes écrivains prometteurs, qui n'hésitaient pas un seul instant à mendier des fonds pour financer l'impression d'une douzaine de numéros par trimestre, voire par mois.

En ces temps difficiles, les collaborateurs de ces revues étaient fort mal payés et il était rare qu'ils reçoivent ne fût-ce que quelques dollars, mais l'important était que cette nouvelle génération d'artistes puisse enfin être publiée.

Cet avènement prometteur du petit magazine littéraire aux États-Unis, qui coïncida avec la grande dépression économique, permit aux écrits de jeunes réalistes accomplis, comme Jack Conroy, Nathanael West, Nelson Algren et William Saroyan, de voir le jour pour la première fois. Ce fut là le début d'une révolution littéraire qui devait atteindre son apogée avec la publication de quelques-uns des livres les plus importants du siècle.

Pendant ma propre période d'apprentissage qui devait durer plusieurs années, ces périodiques éphémères publièrent plus d'une centaine de nouvelles dont j'étais l'auteur. Après cette longue préparation, je conçus l'ambition d'écrire des ouvrages de fiction plus épais, qui devaient petit à petit devenir de vrais romans. C'est ainsi que naquirent successivement : *The Bastard*, *Poor Fool* et *The Sacrilege of Alan Kent*. Comme cela s'était déjà produit lorsque j'avais essayé d'obtenir la publication de mes nouvelles dans des magazines à grand tirage, aucun éditeur ne s'intéressa tout d'abord à ces œuvres. Mais, quelques mois plus tard, un jeune homme ambitieux quoique dénué de toute expérience commerciale dans le domaine de l'édition accepta de publier *The Bastard* dans une collection très coûteuse à exemplaires numérotés. Pour attirer l'œil d'éventuels acheteurs, il recruta un jeune illustrateur de bonne volonté et lui fit réaliser de nombreuses gravures osées ; la conséquence la plus notable de cette attraction supplémentaire fut un sévère avertissement que la police adressa à un libraire de Portland, dans le Maine, le sommant de faire disparaître de la ville tous les exemplaires de *The Bastard*, sous peine d'arrestation et de poursuites judiciaires.

Finalement, et bien que les droits d'auteur convenus eussent été fort modestes, le livre se vendit si peu que ni l'auteur ni l'illustrateur ne touchèrent la moindre somme d'argent.

Comme il fallait s'y attendre, lorsque d'autres jeunes éditeurs pleins d'enthousiasme décidèrent de publier *Poor Fool* et *The Sacrilege of Alan Kent*, l'histoire, dans sa grande impartialité, se mit à se répéter dans ses moindres détails...

Les lecteurs d'aujourd'hui auront certainement de bonnes raisons de se demander si *Le Bâtard* est une adaptation romanesque d'aventures personnelles ou bien s'il est tiré des archives d'un sociologue spécialisé dans l'étude des comportements anormaux.

Il ne s'agit en fait ni de l'une ni de l'autre de ces suppositions : *Le Bâtard*, c'est tout simplement l'exercice littéraire d'un débutant, inspiré par ses errances et ses observations dans une région qui lui est familière, entre Baltimore et Philadelphie.

Tout ce qu'il me reste à ajouter, c'est que *Le Bâtard* raconte la vie d'un jeune à la dérive – Gene Morgan – dont l'histoire éveillera peut-être un écho chez certains lecteurs.

Postface

Il serait aujourd'hui superflu de présenter Erskine Caldwell aux nombreux lecteurs français qui, au bel « âge du roman américain », dévorèrent *La Route au tabac* et *Le Petit Arpent du Bon Dieu* dans la même fringale de sensations et de réalisme que les romans de William Faulkner, John Steinbeck ou Richard Wright. À ceux que lasse la pâture de violence et de sexualité qui passe pour représenter l'américanité en littérature, il n'est pourtant pas inutile de rappeler quelques commencements : *Le Bâtard* est l'un de ceux-ci.

Depuis 1929, en effet, l'œuvre de Caldwell a terriblement proliféré : trente romans, plus de cent cinquante nouvelles, une quinzaine de volumes de reportages et d'essais, tout un monde grouillant et multiforme nous sollicite, dont émergent mal les piliers sur lesquels repose la réputation du romancier : *La Route au tabac, Georgia Boy, Le Petit Arpent du Bon Dieu, Bagarre de juillet, Nous, les vivants*, c'est-à-dire, avec la notable exception de *Miss Mama Aimee*, essentiellement sa production de l'entre-deux-guerres.

Et il y a dans cette forêt inégale beaucoup de bois mort dont le volume cache parfois quelque arbre vigoureux, tel *Le Bâtard* dont on peut se demander quel étrange hasard nous a empêché jusqu'alors de le lire en français. Ce découvreur de valeurs littéraires du Sud que fut Maurice-Edgar Coindreau le laissa vraisemblablement de côté parce qu'il préférait les outrances plus invraisemblables et l'atmosphère plus onirique de son récit jumeau, *Pauvre type*. *Le Bâtard* ne correspond guère, en effet, à ce que le public français attendait alors de la littérature romanesque du Sud ; il ne contient aucune célébration lyrique de la nature et de l'instinct, aucun accent à la Jean Giono, rien de ce que Coindreau appelle, à propos du *Petit Arpent du Bon Dieu*, « un profond sentiment poétique qui fait sortir de ces loques humaines une étincelle d'où pourrait naître la rédemption ». Notre époque est-elle plus réaliste ou plus aguerrie ? En tout cas, cette rédemption par la poésie a cessé d'être l'ingrédient indispensable d'une œuvre réussie.

Aujourd'hui, il semble même que la modernité du roman vienne de son dépouillement, et de cette totale absence d'un besoin de rédemption. Composé dans les années vingt, alors que l'auteur terminait ses études à l'université de Virginie, il vit le jour peu après la toute première nouvelle publiée de Caldwell, et juste assez tôt pour que l'on ne puisse imputer son atmosphère ténébreuse aux circonstances du krach financier d'octobre 1929. Un exemplaire de cette édition à tirage limité publiée par Heron Press avec des illustrations de Ty Mahon est de nos jours chose fort précieuse ; même si cette publication fut totalement éclipsée par le succès de scandale de *La Route au tabac*, l'année suivante. De façon générale, la vision désabusée autant que burlesque de Caldwell ressortit davantage à sa conception profonde de l'animal humain dans sa condition existentielle qu'à sa critique du système économique et social capitaliste. Mieux que tout autre de ses romans, *Le Bâtard* propose cette conception dans une nudité sans commentaires ni fioritures : à la différence du *Petit Arpent du Bon Dieu* et de *La Route au tabac*, il ne contient aucune des perspectives salvatrices qu'esquisse le paganisme jubilatoire d'un Jeeter Lester ou d'une Griselda, pas plus que cette exaltation du dieu des Corps que propose Ty Ty Walden. Il ne flétrit pas le « honteux état de civilisation » des campagnes du Sud comme ces deux romans ou comme Caldwell lui-même, qui écrivait en mai 1936 dans les colonnes du *New York Times* en réponse aux attaques du député de Géorgie Braswell Dean :

« Ce n'a jamais été pour mon plaisir que j'ai pu voir des hommes, des femmes et des enfants naître, vivre et mourir dans la misère, l'ignorance et la dégradation. J'ai récolté le coton avec eux ; j'ai partagé leur pain ; j'ai creusé avec eux la tombe de leurs morts. Personne ne peut se considérer comme l'un d'eux à plus juste titre que moi. Mais je n'ai pas aimé du tout voir l'un de ces hommes attaché à un arbre, fouetté par son propriétaire jusqu'à en perdre connaissance. Je n'ai pas aimé voir un politicard minable qui se faisait passer pour un homme d'affaires dépouiller l'un de ces hommes de son année de travail. Il ne m'a pas plu de voir un contremaître abattre de sang-froid un père de famille qui avait eu le tort de protester contre le viol de sa fille, commis sous ses propres yeux. C'est parce que je n'ai pas aimé toutes ces choses que j'ai voulu montrer que le Sud, non content d'avoir engendré une race d'esclaves, a soudain, ce qui est pire, fait volte-face pour lui lancer une ruade en plein visage. »

Dans *Le Bâtard*, pas une trace de cette indignation, pas un mot de commentaire social, seulement un récit qui demeure au degré zéro de l'écriture rhétorique bien qu'il contienne déjà en germe la presque totalité des thèmes et des procédés de Caldwell.

Considérons d'abord le titre. « *The bastard* », c'est évidemment l'enfant illégitime qui n'a jamais connu son père, qui n'a jamais même eu la chance de savoir ce qu'il était – peut-être un homme de voyage, monteur de chapiteau ou bonimenteur, peut-être même un « gros lourdaud de paysan » – et qui porte en lui la malédiction de cette naissance en marge. S'étant mis en ménage avec une femme qui est peut-être sa demi-sœur, il semble, à la fin du roman, devoir à cette marque de Caïn la naissance de leur enfant anormal, velu, monstrueux comme un mauvais présage. Le récit est donc le drame de la bâtardise à un niveau qui se situe en deçà de la tragédie parce qu'il demeure tout près du subconscient. Mais « *the bastard* », c'est aussi, sur le mode de l'interjection et de l'insulte, le « fils de pute ». Au sens littéral ici, puisque la première scène nous montre Gene Morgan contraignant un inconnu à évoquer pour lui la sordide carrière de sa propre mère, danseuse de hoochie-coochie et prostituée de la plus lamentable espèce. Et « *the bastard* » est encore, métaphoriquement, l'enfant de putain, le salaud dont il ne faut attendre aucune pitié, puisque cette ouverture saisissante nous le montre abattant à la fin de son récit l'homme tout étonné.

Pétri d'instincts et de désirs, se soûlant à l'alcool de grain en ces temps de prohibition ou s'abrutissant de labeur à l'usine pour empêcher le souvenir de sa mère de danser la gigue dans sa cervelle, Gene Morgan n'est pas, au demeurant, pire qu'un autre ; pas pire que John, en tout cas, ce garçon si doux auquel il arrive parfois de se comporter en parfait sadique. Il arrive à Gene d'éprouver quelque compassion, mais on ne saurait toujours compter sur son humanité. Ainsi quand, à son réveil en prison au lendemain d'une cuite, il remarque une fille qui pleure, blottie sous sa couverture dans la cellule voisine. Sa curiosité est piquée ; il semble prêt à s'émouvoir. Pourtant, Gene n'hésite pas quand le gardien, qui vient de dépuceler la jeune fugueuse après lui avoir faussement promis de la libérer, lui propose de partager l'aubaine. Froidement, d'une torsion du bras, il contraint la prisonnière et la prend malgré ses sanglots. Il a bien tendu une couverture devant les barreaux de la cellule, mais ce dérisoire paravent est-il un voile pudique ? Et de quelle pudeur s'agirait-il ? Est-ce une honte imprécise qui fait redouter à Gene d'être vu, ou bien le désir d'épargner cette honte à la fille ? Rien ne suggère une telle délicatesse ; il s'agit peut-être seulement d'empêcher le geôlier de jouer les voyeurs afin de jouir en paix, comme la bête au fond de sa tanière. Il faudra attendre la fin du roman pour qu'à notre intense surprise Gene s'ouvre à l'amour et à la pitié.

Au terme de héros, nous devons donc substituer celui de protagoniste, simple conscience centrale, plus sensorielle que réflexive, qui permet au narrateur de donner une perspective à sa vision fragmentée et déconcertante du monde.

Ce monde est évidemment le Sud des années vingt. Ou, plus précisément, une petite ville de deux mille habitants, noirs en majorité, qui pourrait se trouver aussi bien du côté de l'Arkansas que dans le Delta, avec ses scieries et ses industries cotonnières, si des traces d'argile rouge sur une paire de chaussures ne la situaient implicitement dans la Géorgie où Caldwell passa le plus clair de sa jeunesse. Rien pourtant ici de la Géorgie d'un Jean Toomer, toute frémissante de résineux odorants, de lunes rousses et de poésie populaire. Lewisville n'offre pas, non plus, les traits du Jefferson de Faulkner : ni trace d'un glorieux passé, ni sentiment d'appartenance, ni traditions, ni habitudes susceptibles d'accabler et de souder une communauté. On n'y regarde même pas avec plus de suspicion qu'un autre cet enfant revenu au pays natal qui se fait passer pour un immigrant de Pennsylvanie. Lewisville est un milieu transitoire où la cabane de la négresse qui a élevé Gene jusqu'à l'âge de onze ans a eu tôt fait de disparaître devant l'industrialisation. Milieu sans racines, donc, décor ténu d'existences elles-mêmes transitoires et plutôt solitaires et non pas berceau d'une culture régionale.

On y vit un peu au jour le jour, surtout préoccupé de satisfaire des besoins élémentaires (manger, dormir, forniquer) ou des désirs (d'argent, de jeu, de puissance). Cette existence dans l'instant semble interdire au roman la notion même d'intrigue. Celle-ci est mince, car le récit et les dialogues campent seulement divers épisodes du retour de Gene Morgan au pays sous forme de vignettes, de rencontres, d'anecdotes ; même les moments de paroxysme sont traités avec un détachement qui procède de leur pure réalité événementielle. Ici, les hommes ne font pas l'Histoire ; les choses leur arrivent. C'est ainsi que, dans une scène atroce à la scierie, John en vient à couper un Noir en deux, sans motif véritable. Peut-être le soleil l'accable-t-il trop, comme Meursault quand il abat son Arabe dans *L'Étranger* de Camus ? Mais, dans *Le Bâtard*, le soleil n'est même pas responsable ; les choses arrivent comme par accident ; elles adviennent simplement, pour le pire comme pour le meilleur. Est-ce pour cette raison que ce roman plein de bruit et de fureur se situe résolument en deçà de la tragédie ? Ou bien est-ce parce que son système de valeurs – des valeurs essentiellement sensuelles et physiques – demeure en deçà de la moralité ?

Je crois bien n'avoir jamais rencontré dans ces pages les mots de bien et de mal, pris au sens éthique. La conduite humaine y reste amorale et personne ne semble se demander si le péché existe, chose rare dans une petite ville du Sud. Seule, peut-être, la tenancière du bordel, l'attachante et terrifiante Sook, adhère à un code d'honneur plutôt strict. Nous la voyons avaler sa jalousie lorsque l'homme qu'elle aime, Jim le Shérif, épouse une petite traînée. Mais, à la mort de celui-ci, Sook juge totalement inadmissible et immoral de laisser Kitty, qui a bafoué son mari en le cocufiant avec un peu tout le monde, diriger ses funérailles. C'est sa façon à elle d'avoir de la religion, au meilleur sens du terme. Et, pourtant, la religion elle-même, en la personne d'un pasteur novice qui vient d'apprendre en toute hâte les formules de l'enterrement, ne se trouve pas avoir le beau rôle lors de son unique apparition dans le roman. En effet, lorsqu'il se met à improviser parce qu'il a oublié le rituel, le pasteur parle d'« épouse éplorée » en s'adressant à Sook qu'il prend pour la veuve. Celle-ci croit que le discours s'adresse à Kitty, qui, malgré son interdiction, serait venue à la cérémonie. Sook dégaine aussitôt son colt 38 et mitraille le cimetière tant et si bien que, de saisissement, le pasteur laisse choir dans la fosse ouverte sa bible inefficace. Dans cette scène désopilante, bien digne d'inspirer *Fantasia chez les ploucs*, l'Église se trouve donc loin d'incarner la moindre valeur éthique.

Que reste-t-il des sentiments et de la spiritualité que l'on a coutume d'attendre ? Rien, ou presque. Et l'on peut se demander s'il y en a jamais dans cette histoire, sauf dans les derniers chapitres, après le mariage de Gene et de Myra. Froggy, le veilleur de nuit, ne songe qu'à forniquer avec la femme du contremaître, et Gene avec celle de Froggy ; et, lorsque John, qui couche depuis son enfance au dernier étage du bordel, trouve en Florence une fille qu'il pourrait commencer à aimer, celle-ci prend la route ; à l'exception de Sook, qui se drogue, et de l'impeccable Myra, toutes les femmes sont des « fumelles » (pour employer le terme méprisant du geôlier) prêtes à tromper leur homme dès qu'il tourne le dos ; et les mâles ne songent qu'à profiter des filles qui s'offrent, quand ils ne les prennent pas de force. L'unique raison qu'invoque Gene pour ne pas accepter un emploi régulier et durable, ce n'est pas tellement que cela fatigue, mais que cela vous empêche de profiter des bonnes occasions qui s'offrent sans cesse. S'agit-il d'une morale hédoniste ? Même pas. Plutôt du simple bien-être né de la satisfaction d'appétits égoïstes. Certes, de temps à autre, une vague solidarité se dessine comme ce plaisir à être ensemble autour de la fosse de l'huilerie qu'éprouvent les manœuvres de l'équipe de nuit. Les ouvriers sont capables de mettre leurs économies en commun ; seulement, c'est à seule fin de se payer un spectacle spécialement gratiné de strip-tease. Et que penser de l'attitude des Blancs vis-à-vis des nègres (on n'ose dire des « Noirs », tant leur humanité est oblitérée) dans le roman ? Et que dire de l'attitude de ceux-ci ? Lorsque Gene tire à pile ou face pour savoir laquelle des deux sœurs, Ethel ou Fanny, devra lui octroyer ses faveurs sur un tas de coton (et qu'il triche, bien sûr ! pour avoir la plus belle), la gagnante se borne à sourire béatement en « découvrant le haut de ses gencives d'un rouge orangé »... Quand John, à la scierie, cogne à grands coups de planche sur un Noir qui met trop de temps à avaler sa tranche de melon d'eau (encore un cliché raciste) avant de retourner au travail, les autres Noirs se contentent de s'enfuir prudemment. Et nous assistons alors à la plus horrible des scènes : le Noir tombe du carter de la scie qui le coupe par le travers sans que John s'en rende compte. Mais alors, dans un inexplicable mélange de curiosité enfantine et de stupidité sadique, il s'amuse à verser de l'eau dans la bouche du mort pour la voir jaillir par l'estomac sectionné. « Encore une rasade qui ne lui aura pas fait du bien ! » remarque-t-il, en conseillant à Gene, chargé de rapporter les morceaux à la veuve, de ne pas perdre son temps lorsqu'il aura jeté à terre son sinistre paquet. Aucun remords ; aucune perception de l'humanité du nègre ; même pas la crainte d'une punition puisqu'il suffit de camoufler les traces les plus évidentes de l'« accident » pour ne pas être inquiété.

Dans le cas de cet épisode, et d'autres tout aussi atroces, nous percevons la satire implicite de Caldwell en même temps qu'une composante essentielle de sa narration : l'auteur laisse agir ses personnages, il les laisse s'exprimer dans des dialogues parfois banals, mais si authentiques qu'il n'a nul besoin d'en accroître, un peu artificiellement, la saveur ou le pittoresque. Il n'écrit pas dans le sens où « écrire » signifie « surécrire ». En tant que tel, son langage ne frémit jamais de la vie intense qui caractérise, par exemple, celui de Faulkner, et il n'utilise pas non plus la rhétorique à la manière d'un Steinbeck pour transformer le monde. On pourrait dire qu'il n'est pas l'ami du (beau) langage, bien qu'il restitue admirablement le parler de ses compatriotes. Qui plus est, il s'abstient de commentaires et souvent de descriptions, parce qu'il a recours au dialogue comme support dynamique de l'intrigue.

C'est le parler local que Caldwell emploie qui fait proprement avancer le récit. Pour reprendre la belle formule du critique Robert Hazel, il s'agit là, pour le langage, d'« un fonctionnalisme de l'action et non de la diction, du mythe et non pas de la mélodie ». la nature de l'action se résume, par conséquent, à ce qu'en fait le langage parlé ; le monde fictif ainsi suscité reste un univers d'actes et de motivations vulgaires plutôt que raffinées, d'idiomes locaux, de parler simple. On se trouve en plein univers dénotatif plutôt que connotatif et cette fiction possède une homogénéité linguistique et un niveau d'uniformité tels qu'un détail, un simple mouvement surtout, y revêt une signification accrue. Comme nous le soulignions au début, la poésie est absente de cet univers fictif parce que, dans le système que crée la langue de Caldwell, il n'y a aucune raison de l'introduire.

Sans poésie ni tragédie proprement dites – ce qui n'exclut pas le pathétique (il est même insupportable chez Myra) –, quelles ressources restent donc à Caldwell pour approfondir ce que l'on pourrait appeler son naturalisme de reporter ? Eh bien, avant toute chose, l'exagération, la caricature, la création de grotesques. Le critique américain Kenneth Burke ne s'y est pas trompé. Dans *Philosophie de la forme littéraire*, il consacre tout un développement à la création des grotesques dans les romans d'Erskine Caldwell. Il remarque :

« Dans les manuels de psychologie, nous entendons parler d'expériences visant à enlever les centres supérieurs du cerveau d'un animal, ce qui a pour résultat de simplifier grandement ses réactions aux stimuli. Une grenouille décérébrée continuera à sauter si on la touche, à manger si on la nourrit, à coasser si on la caresse, mais il est évident que la malheureuse créature aura laissé dans l'opération la plus grande part de sa personnalité. Elle a perdu ce que l'on appelle parfois le libre arbitre, et ce que Bergson appelle le "centre d'indétermination". Et ses façons, en comparaison de celles d'une grenouille intacte, sont visiblement grotesques. Caldwell semble avoir plus d'une fois effectué ce genre d'opération dans l'esprit de ses personnages. »

Burke parle ici, dans son approche exclusivement psychologique, du « grotesque » comme d'un personnage unidimensionnel qui correspondrait au personnage « sans relief » défini par E. M. Forster. Une perspective qui considère le grotesque comme un phénomène formel ou structurel, dont les facteurs déterminants sont l'incongruité, la tension, le mouvement et la concrétisation, semble pourtant plus éclairante. Les personnages grotesques de Caldwell répondent d'ailleurs bien à ces divers critères : on trouve en eux une juxtaposition, sinon une fusion, d'éléments contrastants ou incompatibles, ainsi dans les réactions de John devant le nègre mort. La relation de ces éléments incompatibles est telle que leur rapprochement nie cette incompatibilité et suscite des tensions vigoureuses. Celles-ci provoquent chez le lecteur des réactions contradictoires – attirance et dégoût, indignation et pitié, colère et fascination –, en même temps qu'elles donnent au grotesque son intensité, sa vitalité, sa démesure.

Une troisième caractéristique est l'accent placé en permanence sur le dynamisme, lequel suscite des transformations ininterrompues, comme c'est le cas des paliers humoristiques successifs lors de l'enterrement de Jim le Shérif. Enfin, l'orientation vers le concret caractérise les épisodes dans lesquels l'outrance de l'expression engendre, pour ainsi dire, la situation grotesque.

Assez paradoxalement, Caldwell n'exagère pas, d'abord, les travers physiques ou les comportements sociaux aberrants de ses personnages, mais une donnée métaphysique et éthique fondamentale de leur univers : leur innocence. La culpabilité, nous devons la chercher dans le monde en général, qu'il s'agisse des conditions socio-économiques du capitalisme américain ou de la situation existentielle de l'humanité. Elle ne se trouve nullement dans les créatures pitoyables qui foulent cette terre. Certes, en parlant d'innocence, on songe d'abord à l'innocence primitive et triomphale de Will dans *Le Petit Arpent du Bon Dieu*, mais, dans une large mesure, le jeu atroce de John, personnage par ailleurs sympathique, avec le nègre sectionné est, lui aussi, innocent à la fois dans le sens où il résulte d'une relative simplicité d'esprit et dans celui où, de toute évidence, le sentiment de culpabilité en est absent. Dans l'incommensurable étendue de son préjugé racial,

John est l'esclave sans réflexion d'un processus qu'il subit, non l'agent d'une finalité qui pourrait être mauvaise : la finalité fait défaut. Rien de surprenant, donc, à ce que la vie que mènent les personnages de Caldwell représente pour nous une existence sans valeur, même si elle importe énormément à ces individus égoïstes et bornés. L'absence de valeur ne signifie pas le manque d'intérêt, bien au contraire. D'où cette impression d'une création truquée (d'autant plus fascinante que rien ne répond à notre questionnement) que nous éprouvons à la lecture du *Bâtard*. C'est à croire qu'un dieu malin a insufflé dans des corps animaux une sorte d'âme qui les amènerait à se comporter en humains ; ou, au contraire, quelqu'un aurait-il lobotomisé des êtres supérieurs pour les réduire à l'animalité ? Ce sentiment d'un jeu pipé au départ, c'est le narrateur seul qui nous le communique, et non pas les personnages, toujours enfermés en deçà d'une conscience claire de leur sort.

Avant même toute peinture physique des situations, le roman s'enracine par ce biais dans le grotesque, en procédant à la création de sous-hommes qui se situent aussi sûrement en deçà du bien et du mal que les surhommes de Nietzsche se situent au-delà. Comment, dès lors, blâmer un personnage de n'être que ce qu'il est ? Dans l'univers du *Bâtard*, personne ne songerait à reprocher aux hommes et aux femmes de se tromper mutuellement, de forniquer sans cesse, de vouloir accroître leur petit arpent de bien-être. D'où cette incroyable tolérance, véhiculée à la fois par la sagesse populaire à l'intérieur de l'histoire et par l'attitude soigneusement indifférente du narrateur sur le plan du récit. À l'encontre du jugement moral que propose sans cesse le lecteur, cette attitude de bienveillante négligence des règles sociales et éthiques débouche sur une sorte d'agnosticisme : qui blâmerait autrui, et au nom de quoi ? Non que tout soit licite en droit, mais tout ce qui arrive est permis en fait – entre autres, le viol de la fugueuse qui, dans cette perspective, ne présente avec la scène où Gene culbute Ethel (ou bien est-ce Fanny ?) qu'une différence de circonstances. La psychanalyse nous a appris à ne pas condamner un accusé à cause de ses instincts, de ses désirs ou même de certaines de ses actions. Ainsi les manœuvres de Caldwell se meuvent-ils ici dans un monde préréflexif instinctuel, dont la notion de faute est exclue. L'épisode le plus révélateur du roman, le plus « moral » aussi, est peut-être le final pathétique où Gene tue son enfant difforme, que sa toison hirsute semble inscrire sans rémission dans une animalité totale. Caldwell nous présente en effet, si l'on songe à cet autre splendide récit d'inceste et d'infanticide qu'est *Le Crime des justes* d'André Chamson, une vision assez éloignée de la morale opiniâtre des paysans cévenols. On a parfois comparé Caldwell à Maupassant, surtout à cause de leur peinture des travers et des petits événements de la vie paysanne ; pourtant Maupassant fait à côté de l'Américain figure d'un moraliste forcené.

Un univers grotesque excelle à susciter le rire, même si nous devons nous épouvanter aussitôt d'avoir eu cette audace. Il est étonnant que l'on n'ait pas tiré du roman le canevas d'un film à la Buster Keaton ou à la Charlie Chaplin, où le burlesque et le pathétique alternent ; les scènes entre Jim le Shérif et ses femmes, l'enterrement sous la direction de Sook, la queue des ouvriers attendant de tirer leur coup avec la danseuse de hoochie-coochie fourniraient d'excellentes cascades de gags. Il est encore plus étonnant que Marcel Duhamel, qui connaissait si intimement Caldwell, n'ait pas songé à publier *Le Bâtard* dans la Série noire ; il y avait aussi bien sa place que *Fantasia chez les ploucs* ou que ce roman de Chester Himes dans lequel, au cours d'une poursuite en voiture à travers Harlem, nous voyons une tête de motocycliste coupée par une tôle rebondir sur la chaussée pour provoquer, à force de stupéfaction, des accidents en série. On trouve par moments dans *Le Bâtard* cet humour forcené : un grotesque robuste, curieusement dépravé et sain en même temps, avec un accent quelque peu vulgaire mais jamais graveleux parce qu'il contient juste assez d'authenticité et, en filigrane, de tristesse pour empêcher la grossièreté. Tout ce qui concerne la sexualité, qu'il s'agisse d'expressions langagières ou de peinture littérale, s'enracine, en particulier, dans une tradition que le lecteur français ne manquera pas de qualifier de rabelaisienne.

On rira donc, et abondamment, comme à la lecture de bandes dessinées dans le style de *Hara-Kiri*, c'est-à-dire d'un rire ambivalent. S'y perçoit le plaisir de voir peindre comme saines et licites, à l'encontre de toute la tradition puritaine et victorienne, des activités animales qui sont aussi bien le propre de la femme que de l'homme. Et aussi, surtout dans les scènes de violence, même comiques, on sent poindre la question angoissée : devons-nous vraiment rire au spectacle de l'animalité de l'homme ? Et le rire devient alors défense ; lors du final insupportable, il fait place à une pitié profonde. Par ailleurs, même si l'on tient compte des préoccupations humanitaires et de l'engagement de Caldwell, la satire sociale n'est explicitement revendiquée ni par la technique du roman ni par les rares commentaires du narrateur. Nous constatons que le monde romanesque qu'il élabore est seulement à la fois plus cruel et plus amusant, plus dingue et plus déprimant que le nôtre.

À cette outrance des tonalités s'ajoutent les effets de surprise et de choc. Étonnement initial lorsque quelques coups du revolver de Gene mettent fin au récit de l'inconnu ; choc lorsqu'il se borne à rouler le mourant jusqu'à la rivière où un coup de pied le fait basculer, l'eau étouffant un dernier râle dans sa gorge. La surprise joue de même sur le mode comique, comme dans cette désopilante scène de séduction où Kitty aguiche à la fois Gene et John sous les yeux de son mari. Les allusions de la belle garce laissent supposer qu'elle va rejoindre Gene, la bougie soufflée ; mais, quand la porte s'ouvre au milieu de la nuit, nous voyons entrer Rose, la « régulière » de John que Kitty a choisi d'aller rejoindre. La surprise est encore plus efficace lorsque le veilleur de nuit demande un petit service à Gene : il lui remettra cent dollars, l'affaire faite, s'il saute dans le premier train en partance. Il faut préciser que depuis ses débuts à l'huilerie, où, plusieurs soirs de suite, la femme de Froggy lui a fait des avances, Gene n'a jamais eu la possibilité de la rejoindre. Il croit donc à un piège et le lecteur imagine, comme lui, quelque coup fourré, sinon un meurtre. Chacun tombe de haut quand le veilleur ne demande à Gene rien d'autre que de faire un enfant à sa femme !

Surtout quand il est atroce, comme dans la scène de la scierie, l'effet de surprise atteint infailliblement son but. Mais il justifie du même coup les déconcertantes réactions d'inhumanité des personnages les moins antipathiques. Le lecteur éprouve l'étrange sensation que tout peut arriver. Toutes les surprises sont possibles au niveau événementiel, et bientôt rien n'étonne plus sur le plan moral. Ainsi Caldwell peut-il se permettre des combinaisons d'incidents et de personnages à partir de variations grotesques et de figures impossibles dans le monde réel. La situation grotesque reflète un état de choses dans lequel l'incongruité des divers éléments suscite l'image d'un monde devenu subitement étranger. Comme dans un cauchemar, l'on se trouve soudain incapable de s'orienter dans un univers devenu absurde parce que tout peut s'y produire et que les repères familiers, qu'ils soient spatio-temporels ou éthiques, se sont effacés.

Pourtant, son naturalisme authentique empêche cet univers fictif de basculer en l'ancrant dans la peinture d'une catégorie sociale dans les États-Unis de l'entre-deux-guerres. On a dit et redit que les paysans de Caldwell étaient les cousins, à la fois éloignés et pauvres, des Bundren et des Snopes de Faulkner. Avec Gene Morgan, nous avons cependant un personnage de manœuvre industriel et non de journalier agricole. Gene tient d'ailleurs les « péquenots » en piètre estime ; à la fourche à foin, il préfère le volant ou la pelle ; le cadre du roman est urbain, si petite soit la ville, et, dans la chaleur inattendue de quelques descriptions du labeur à l'huilerie, nous voyons s'esquisser, avec le chant des courroies et des machines, une atmosphère de camaraderie. De même, un long trajet en poids lourd plonge Myra dans l'extase. Dans une ville où tout le monde semble s'appeler Morgan (le symbole est ambigu puisqu'il dénote aussi bien une parenté incestueuse qu'une identification de l'un à l'autre), Gene prend bien soin de se distinguer, par indépendance, des puissances d'argent. La chanson qu'il a composée déclare qu'il est un Morgan, mais pas James Pierpont, le milliardaire. Gene n'envie pas le monde des riches dont la froideur conduit Myra à aborder des inconnus dans la rue, même s'il faut un tel monde pour produire une femme « propre » pour laquelle il vaut la peine de trimer. Ici, les illusions sociales du protagoniste rejoignent son enthousiasme assez puéril d'amoureux.

Pourtant, quel dénuement dans la vie du jeune couple à Philadelphie, et quel mélodrame ! Dans ce récit où passe un frisson de Série noire et qui annonce la grande génération des « durs à cuire » des années trente, un embryon de vision « prolétarienne » contrebalance donc les abîmes existentiels auxquels pourraient entraîner l'humour grinçant et le pathétique. En dépit de sa construction chaotique, le monde fictif du *Bâtard* conserve suffisamment de cohérence pour apparaître, *a posteriori*, comme la source des réussites plus éclatantes de Caldwell. Sa non-détermination rhétorique, son refus du lyrisme tellurique, qui caractérise *Le Petit Arpent du Bon Dieu* comme l'hyperanimalité burlesque de *La Route au tabac*, laissent pourtant la porte ouverte à l'un et à l'autre. Œuvre de jeunesse dont une traduction inspirée nous épargne certaines bavures de style, œuvre vigoureuse où éclatent déjà des promesses qui iront en se diversifiant, *Le Bâtard* mérite certainement de rejoindre les principaux romans de Caldwell dans notre appréciation globale de sa production.

Michel Fabre

Table

LE BÂTARD 7

Note de l'auteur 137

Postface de Michel Fabre 147

Du même auteur :

Toute la vérité, Gallimard, Folio n° 1571, 1984 ; L'Imaginaire n° 562, 2008

Une lampe, le soir, Grasset, Les Cahiers rouges, 2005

Un pauvre type, Gallimard, L'Imaginaire n° 486, 2003

Le Petit Arpent du Bon Dieu, Gallimard, Folio n° 419, 2000

Un p'tit gars de Géorgie, Gallimard, Du monde entier, 1949 ; Folio n° 1059, 1999

Jenny toute nue, Gallimard, L'Étrangère, 1995

Près de la maison, Buchet Chastel, 1989

Miss Mamma Aimée, Albin Michel, Bibliothèque Albin Michel n° 16, 1988

Le Doigt de Dieu, Gallimard, Folio n° 1535, 1984

Nous les vivants, Gallimard, Folio n° 1113, 1979

PAPIER À BASE DE
FIBRES CERTIFIÉES

Le Livre de Poche s'engage pour l'environnement en réduisant l'empreinte carbone de ses livres. Celle de cet exemplaire est de :
200 g éq. CO_2
Rendez-vous sur
www.livredepoche-durable.fr

Composition réalisée par Belle Page

Achevé d'imprimer en avril 2014 en France par
CPI BRODARD ET TAUPIN
La Flèche (Sarthe)
N° d'impression : 3005172
Dépôt légal 1re publication : mai 2014
LIBRAIRIE GÉNÉRALE FRANÇAISE
31, rue de Fleurus – 75278 Paris Cedex 06

31/9423/0